U0115747

[阿根廷] 埃内斯托·萨瓦托 著

Ernesto Sabato

徐鹤林 译

El Túnel

隧道

译林出版社

图书在版编目（CIP）数据

隧道 ／（阿根廷）埃内斯托·萨瓦托著；徐鹤林译 . —
南京：译林出版社，2023.5
ISBN 978-7-5447-9409-1

Ⅰ.①隧… Ⅱ.①埃… ②徐… Ⅲ.①长篇小说－阿
根廷－现代 Ⅳ.①I783.45

中国版本图书馆 CIP 数据核字（2022）第 171805 号

著作权合同登记号　图字：10-2021-27号

隧道　[阿根廷] 埃内斯托·萨瓦托／著　徐鹤林／译

责任编辑　　金　薇
装帧设计　　吾然设计工作室
校　　对　　戴小娥　王　敏
责任印制　　颜　亮

原文出版　Planeta Lector, 2018
出版发行　译林出版社
地　　址　南京市湖南路 1 号 A 楼
邮　　箱　yilin@yilin.com
网　　址　www.yilin.com
市场热线　025-86633278
排　　版　南京展望文化发展有限公司
印　　刷　徐州绪权印刷有限公司
开　　本　850 毫米 ×1168 毫米　1/32
印　　张　5.875
插　　页　4
版　　次　2023 年 5 月第 1 版
印　　次　2023 年 5 月第 1 次印刷
书　　号　ISBN 978-7-5447-9409-1
定　　价　58.00 元

埃内斯托·萨瓦托
Ernesto Sabato
1911—2011

在任何情况下，

只有一条隧道，

一条阴暗孤独的隧道：

我的隧道。

目 录

隧 道

1

　　我想只要说出我的名字——胡安·巴勃罗·卡斯特尔，是杀死玛丽亚·伊丽巴内的那个画家，大家就能够回忆得起这桩案子，对我这个人也就无须多做解释了。

　　虽然，鬼才知道人们的回忆是个什么玩意儿，也不知道为什么要回忆。实际上我一直认为，没有什么集体回忆，或许它只是人类的一种自卫方式而已。"过去的一切都是好的"这句话并不意味着在过去坏事要少些，只不过人们把它们——幸运地——给忘记了。当然，像上面这样的话是没有什么普遍意义的；例如，我就偏向于回忆坏事，因此，如果不是因为我认为现在同过去一样可憎的话，几乎可以说"过去的一切都是更糟的"了。我记得的灾祸、无耻和残酷的面孔以及坏事是如此之多，以致对于我来说，记忆就像一束可怕的光线，它照亮了一个充斥着耻辱和肮脏的博物馆。有多少次，在读了报纸的一则刑事新闻后，我沮丧地在画室的角落里一待就是几个小时！但是，事实上，报纸并不总是刊登人类最可耻的行为；在某种意义上，罪犯往往是最清白、最无辜的人；我不是因为杀了人才下这个结论的，这可是诚实、深刻的信条。这个人是个坏人吗？那就把他干掉算了。我把这种行为称为壮举。请想一想，如果让这个人继续扩散他们的毒素，只采取匿名信、诽谤和其他类似的做法来抵消他们的影响而不去直接消灭他，那会给社会产生多么严重的恶果呀！至于我本人，我必须承认，现在我感到十分遗憾，因为没有充分利用自己自由的时候去干掉我所认识的那六七个家伙。

世界是可憎的，这已经是用不着证明的真理了。只要举一件事实就足以证明：在一个集中营里，一位曾经的钢琴家因为抱怨肚子饿而被逼吃下一只老鼠，那可是一只活老鼠。

不过，现在我不想谈这件事；如果以后还有机会，我会再多谈一些关于这只老鼠的事的。

2

　　我已经讲了，我的名字是胡安·巴勃罗·卡斯特尔。人们可能要问，是什么原因促使我写下自己的罪行（我不知道有没有说过这话），特别是还要找一家出版社。我非常熟悉人的心理，他们肯定会说我自负狂妄。随他们去想吧！与我无关。我早就不追求什么所谓的公众舆论和公正了。那好吧，就算是出于自负吧。归根结底，我和任何人一样，有血有肉，有骨有毛。因此，我认为，过分地要求我表现出特殊的品行是非常不公正的，特别是要求我这样。有时候，有人认为自己是个超人，结果却发现自己也是一个肮脏的、背信弃义的卑贱之人。关于自负，我无可奉告；我认为谁也不缺乏这种人类进步的崇高动力。我对那些带有爱因斯坦式谦虚的先生或类似之人哑然失笑，原因就是名人易谦虚，我是说貌似谦虚。还在想如此之人是否根本不存在，却突然发现一种更为精巧的方式：谦虚的自负。这种人我们见得还少吗！一个现实中的人，甚或是像基督这样一个象征性的人，都会说些自负或至少是高傲的话语。莱昂·布卢瓦[1]又怎么样呢？他在为对高傲进行控告的辩护中说道，他为那些不及他一半的人操劳了一辈子。自负会出现在各种意料不到的地方：它同仁慈、自我牺牲、慷慨结伴而行。我小时候，想到母亲有一天会死去就悲痛欲绝（随着年岁的增长，我慢慢地知道死不仅是可以忍受的，而且是令人宽慰的）。当时，我并没有想到母亲会有缺点。现在她已经去世了，我应该说她真好，因为她已然达到人能做到的极限。但是，我也想起，她晚年时，我已经长大成人了，在她那些最美好行为的后面发现了一种非常细微的自负或者骄傲，一开始，我的内心是多么痛苦。为她进行癌症手术的时候，我的情况更能说明问题。为了能够及时赶到，我在路上两天两夜没有睡觉。到她病榻时，她那死人般的脸，挣扎着朝我微微一笑，并且咕哝了几句安慰我的话（她是在对我的旅途辛劳表示安慰呀）。对于能这么快地赶到，我的内心隐隐约约地升起了一种自负的傲气。为了使大家了解我并不自认为比别人好多少，我才透露了这个秘密。

----

[1] 莱昂·布卢瓦（1846—1917），法国作家。

但是，我并不是出于自负才写下这桩罪行的。有点傲气和狂妄的说法我也许会接受。但为什么要热衷于对生活中的任何事情都做出解释呢？当我开始写这桩罪行时，我决心不做任何性质的解释。我想把它写出来，如此而已。不喜欢它的人，就别读它，尽管我不相信他们会听从我的意见，因为正是那些到处寻找解释的人才是最好奇的人，我想他们中间的任何一个人都不会放弃从头到尾读一桩罪行的机会。

我可以先不讲促使我写下这几页自白的动机，但因为我不想离题太远，还是说实话吧，其实原因很简单：我想，基于我现在的名气，许多人会读它，虽然，一般来说，我对整个人类，特别是对阅读本书的读者不存多大的幻想，但还有一丝微弱的希望在鼓舞着我，即总会有人理解我的，哪怕只有一个人。

也许有人会问："手稿会被许多人传阅，为什么仅抱有微弱的希望呢？"这类问题我认为是没有意义的。但是，也应该预见到它们，因为人们经常提些毫无意义的问题，对它们稍加分析就会发现它们毫无必要。我可以在一万个俄国人的大会上声嘶力竭地呼叫，没有一个人能听懂我在说什么。明白我的意思了吗？

曾经有一个也许能了解我的人。但是，此人恰恰是我杀死的那个人。

3

大家都知道我杀死了玛丽亚·伊丽巴内·温特尔。但没有人知道我是如何认识她的，我们之间究竟是种什么样的关系，我杀死她的念头又是怎样逐渐形成的。我要毫无保留地说出来，因为虽说由于她的过错，我受了不少罪，但我也没有想成为完人的愚蠢念头。

一九四六年的"春之厅"里，我展出了一幅题为《母性》的画。其风格与许多前人的风格相仿：正如评论家用他们不可忍受的术语所说，该画结构严谨、线条分明。总之，此画具有那些饶舌者经常在我的画布上发现的各种特征，包括"一些深刻的理性"。但是，通过画面左上方的一扇小窗户还可以隐隐约约地看到一个小画面：荒凉的海滩边上有一个眺望大海的女人。她望着大海，好像在等待着什么，可能是某个已经消失了的遥远的呼唤。我认为，这个画面提示了一种忧郁的、绝对的孤独感。

　　没有人注意到这个画面。人们只朝它匆匆瞥上一眼，觉得它仅起装饰作用，无关紧要。似乎没有人意识到这个画面是最关键的部分，只有一个人例外。那是在开幕的那天，一位陌生的姑娘在我的画前待了很长时间。她看上去并没注意画面上最显眼的正在逗孩子玩的妇女，相反，她紧盯着画上方窗户里的景色。我敢肯定，她在看画时与整个世界隔绝了：她既看不到也听不到在我的画前走过或停下来的人。

　　我一直热切地观察着她。当我还在无法战胜的恐惧和想要喊住她的惶惑不安的念头之间犹豫不决的时候，她却在人群中消失了。我在怕什么？这种恐惧可能就像一个人把一生中能支配的所有金钱全都押在某个赌注上时的心情一样。但是，当她消失时，一想到她已消失在布宜诺斯艾利斯几百万无名居民中，可能永远无法再会，我心里是又恼火又伤心。

　　这天晚上我回到家里，有点焦躁不安，闷闷不乐，怅然若失。

　　在展览会结束前，我天天都去展出大厅。为了能看清停下来看画的人，我站在离自己画足够近的地方，但是，她再也没有出现。

以后几个月里，除了她，我什么也不想。我只想重新见到她。同时，从某种程度上说，我只是为她而画。小窗户里的景色似乎开始变大了，延展到了整个画布、整个作品中。

4

一天下午，我终于在大街上见到了她。她正在对街的人行道上匆匆走着，好像是要在一个规定时间内赶去某地。我马上就认出她来了，我甚至可以在人群中一眼就把她认出来。我感觉到一种无可名状的激情。这几个月来，我一直在想她，想象着各种事情，以至于见到她时反而不知所措了。

实际上，对于遇见她时应采取的做法，我曾多次仔细地思考和设想过。我想我已经说过了，我是个羞怯的人，所以，对遇见她的可能性和如何利用这种机会，我曾再三斟酌。在这类想象的邂逅中，最大的难题就是如何同她搭上话。我认识许多人，他们同陌生女子搭起话来毫无困难。我承认，曾有一度我很妒忌他们，因为我虽然不好色，或者正因为如此，有两三次我遗憾地没有能同女人攀谈上。在这类少见的场合里，对于女人将永远被排除在我们生活之外的想法似乎令人无法忍受。不幸的是，我命中注定如此。

在这类想象的邂逅中，我分析了各种可能性。我了解自己的性格，也知道无法预测和突然出现的局面将会使我发愣、羞怯、呆若木鸡。于是，我对几种符合逻辑的或至少是可能的场合做了准备（一位好朋友给你寄封匿名辱骂信是不合逻辑的，但我们知道这却是可能的）。

看上去，那位姑娘是经常去看画展的。如果在一个画展里遇见她，我就可以站到她身边，这样就能不费事地就某些展品同她搭上话了。

仔细推敲后，我又放弃了这个想法。我从来不去看画展。身为一名画家，这种态度表面上真有点奇怪，其实是有道理的。我相信，如果认真解释一下，大家都会理解我。我说"大家"这个词可能有点夸张了。对！肯定是夸张了。根据我的经验，我认为明白无疑的东西，别人几乎从不这样认为。现在，在我开始辩解或解释之前就要犹豫上千次，结果最后就几乎总是闭紧嘴巴不说了，为此，我自己挺生气。这正是我拖到现在才下定决心写我的罪行的原因。目前，我也不知道有没有必要详细解释我对画展的态度，但如果我不加解释，又怕别人会认为这仅仅是一种怪癖，而事实上我这样做有它深刻的道理。

事实是，这个问题的道理还不止一个呢。首先我要说，我憎恶小集团、宗派、社团、行会等一切出于职业、爱好或同一怪癖组成的各种团体。这些团体有一系列怪诞的属性：同一类型的重复、行话、自以为高人一等的自负。

　　我看问题复杂化了，但是我找不到简化它的方式。另一方面，现在想停下来放弃阅读这本书的人，完全可以这样做，我有话在先，我完全同意他这样做。

　　我说的"同一类型的重复"是什么意思呢？大家可能都有这样的感受，和一个不停地挤鼻子弄眼睛的人聊天是多么令人生厌。但是，你们想象过这些人同在一个俱乐部里的情景吗？用不着这样极端化，只要看看人口众多的家庭就行了。他们的外形、表情、声音的调门都是重复的。有一次我爱上了一个女人（当然，不提她的姓名），却因为有可能见到她的姐妹而吓得直打退堂鼓。还有另一件同样可怕的事情：我认识了一位线条独具的女人，但是，当我见到她的一个姐姐时，我就长时间地消沉和羞愧，因为在这个女人身上我认为是绝妙的线条，放在她姐姐身上却变得过分畸形，有点扭曲了。除了使我产生上述的感情外，这种感受还使我感到耻辱，姐姐通过妹妹——我如此钦佩的女人——所反射出来的有点可笑的光束，从某种意义上来说好像是我的过错。

可能由于我是画家，才总是有这种感受，因为我发现人们并不关心这种家庭内的重复。应该补上一句，我看到有些模仿大师的画家也有同样的情况，例如临摹毕加索的那些倒霉蛋就是如此。

接下来就是"行话"了，这是另一个使我难以忍受的特征。随便举个例子就行了，对新闻、心理分析、法西斯主义……我没有偏爱哪一个，它们都使我反感。我举一个现在想起来的例子——心理分析。普拉托医生的医术是很高明的，我总是把他当作一位好朋友。直到大家都在烦扰我时，他也加入了这种贱民行列，我才彻底地清醒过来。不过我们不谈它了。有一天，我刚到诊室，普拉托就对我说他要外出并邀我同往：

"到哪里去？"我问他。

"协会的一个酒会。"他回答说。

"什么协会？"我隐含讥讽地问。他们这种使用定冠词进行缩指的方式使我怒不可遏；用 la Sociedad（协会）替代心理分析协会，用 el Partido（党）替代共产党，用 la Séptima（第七首）替代贝多芬的《第七交响曲》。

他奇怪地看着我，我也天真无邪地与他对视着。

"心理分析协会，老兄！"他说，用一双弗洛伊德的信徒们认为医生必须具备的锐利眼睛看着我，好像也在自问："这家伙又在搞什么新花样了？"

我想起曾经在报上读过一点关于由贝尔纳德或贝尔拉特兰德医生主持的会议或大会的新闻，我确信他不是指的这个，却又故意问他是不是指这个。他轻蔑地一笑，看看我。

"那是一些冒牌货，"他说，"我们这个心理分析协会是国际上唯一承认的一个。"

他又回到写字台，在一个抽屉里找了一会儿，最后递给我一封英文信，我很有礼貌地看着它。

"我不懂英文。"我解释道。

"这是从芝加哥来的一封信，信中承认我们是阿根廷唯一的心理分析协会。"

我在脸上摆出一副钦佩和深感敬意的表情。

然后，我们离开诊室，乘汽车到达了目的地。人很多，有些人我仅知道他们的名字，比如戈登堡医生，最近他颇有名气，为了医治一位妇女，他和她一起被送进了疯人院，最近才出来。我仔细地看着他，但是，我觉得他不比别人坏，甚至比别人更加平和，可能这是被关起来的后果吧。他赞扬我作品时所用的方式竟使我觉得他是憎恶它们的。

一切都很高贵优雅，这使得我为自己的旧衣服和裤子膝盖上的补丁而感到羞愧。但是我感到怪诞并不是由于这个原因，而是某些无法确定的东西。不过，当有一位很漂亮的姑娘一面给我三明治，一面却同另一位先生谈论什么肛门受异性虐待的时候，这种感受达到了顶峰。当然，这种感受也可能是由于一尘不染和灵巧精致的现代化家具同如此利落的太太、先生们嘴里吐出来的关于泌尿生殖系统的话语之间的巨大差异而产生的。

我想找个角落躲起来，但是找不到。房间里挤满了不断说着同一件事情的同样的人。我逃到了街上。当我见到平常人——一个卖报的，一个小孩和一个司机时，突发奇想，要是在一个房间里挤满了那种人才真是好事。

然而，在所有我憎恶的社团中，画家的社团首当其冲。很自然，因为它是我最熟悉的。大家都知道，一个人更有理由憎恶他深刻了解的东西。但是，我另有一层理由：评论家们。他们是一群我永远也不能理解的祸害。如果我是一位杰出的外科医生，而一个从未拿过手术刀的先生、一位不但并非医生甚至连猫爪子也没有接触过的人来评议我手术中的错误，你们会怎么想呢？这与作画是同一个道理。奇怪的是，人们并没有觉察到它们之间是一样的，虽然他们讥笑外科评论家的企图，却用难以置信的敬意去聆听艺术评论家们的高谈阔论。对一个作过画的评论家的评论，即使他的作品只是二流货，倒也可以听听。但即使在这种情况下也是荒谬的，因为一个二流画家怎么能去品评一位一流的画家呢？

5

我离题了。其原因就是我有对任何事情都要做辩解的坏习惯。为什么要解释不去看画展的理由呢？我认为，每个人根据自己的意愿，都有去或不去的权利，没有必要提出详细的合乎情理的辩解词。否则，这种怪癖又会引发何种后果呢？虽然关于展览会的事我还有许多话要说，不过该说的总算说过了：同行的废话，观众的无知，展览会的准备者和作品布置者的愚昧。幸好（或者说不幸的是），我对这一切已经没有兴趣了，不然的话，也许我会写一篇题为《关于画家用以防卫"画作之友"的方式》的长文。

所以，应该排除在某个展览会上遇见她的可能性。

然而，也可能，她的一个朋友正巧也是我的朋友。这样，只要一个简单的介绍就行了。在讨厌的怯懦之光下头晕目眩的我，这时却伸开双臂迎来了这种可能性。一次简单的介绍！事情变得多么容易！多么可爱！我晕晕乎乎得竟没有马上看到这种想法的荒谬。当时，我没有想到，遇见她的一个朋友同遇见她本人同样困难。因为很明显，不知道她是谁也就不可能遇见她的朋友。如果已经知道她是谁，还要第三者干什么呢？当然，介绍一下还是有点好处的，我并不否认这一点。但是很显然，最关键的问题是遇见她，然后再设法找一个我和她的共同朋友来给我们做介绍人。

还有一条相反的路，那就是看看在我的朋友中会不会偶然也有她的朋友。这倒是用不着先遇到她了，只要我向熟人打听一位身高多少、头发长得如此这般的姑娘就行了。但我觉得这种做法是一种轻浮的表现，于是又丢开了这个想法。只要一想到向别人，例如向马佩利或拉尔蒂格去提出这类问题，我就羞愧难当。

我认为现在应当说清楚，当时是由于不明智才没有放弃这个念头。原因刚才说过了，正因为这个原因我才这样做的。把我的熟人设想为也是她的熟人，这种可能性是渺茫的，这种设想是不理智的，持这种看法的确实大有人在。一个思想粗浅的人会这样想，但一个习惯于思考人类问题的人是不会这样想的。社会上存在着趣味相投的阶层，在这些阶层中，偶遇并不罕见，特别是阶层的分类是以小众为特征的那些。

有一次我在东柏林的一处遇见了一个人，后来在意大利一个几乎不知名的小地方，最后在布宜诺斯艾利斯的一家书店里又碰到了他。有理由把这些重复的相遇归咎于偶然吗？我说的是一件寻常小事：任何一个爱好音乐、世界语、招魂术的人都知道。

于是，只剩下了一个最令我害怕的可能性了：街头相遇。有些人能够在大街上喊住一名女子同她搭话，甚至开始一次艳遇，他们是怎么做到的呢？我只好放弃任何由我采取主动的做法，对这套街头功夫的无知和碍于面子导致我做出了这个忧伤而又坚定的决定。

只能等待好机会的出现，这种机会是经常有的：由她先主动开口说话。这样，我的幸福就寄托在一张遥遥无期的彩票上了，这张彩票先要赢一次，以便取得参加第二轮的资格，只有第二轮赢了才有奖品。事实上，先应该有遇见她的可能性，再有一个她先开口对我说话的可能性，然而，这看来更不保险了。我感到一阵头晕、伤心和绝望。尽管如此，我还继续准备着自己的应对场景。

比如，我设想她问我一个地址或公共汽车的什么问题，以这句话为契机，经过我几个月来的思考、忧伤、恼怒、泄气和希望，我获得了一大批取之不尽的应对手段。在有的设想中，我侃侃而谈（事实上，我从来没有这样过）；在有的设想中，我话语稳重；在其他的设想中，我谈笑风生。有的时候——这也是最奇怪的事——我粗暴地回答她的问题，甚至还带着压抑的怒气，这使得这些想象中的会面由于我莫名其妙地发火或几乎是粗暴地指责她提出了一个我认为无用和欠考虑的问题而不欢而散。这些失败的会面使我痛苦万分，我会责备自己好几天。由于我的笨拙，失去了一个同她建立关系的千载难逢的好机会。幸运的是，我发现这些会面全是想象中的，而现实的可能性至少还存在着。于是，我以更大的热情重做准备，设想着新的富有成效的街头谈话。一般来说，最大的困难在于把她的问题同像艺术的本质，或至少同像我作品中的那扇窗户给她的印象等等，和如此平常而遥远的日常琐事联系起来。如果有时间，可以静下心来捋一捋，当然总是有可能正常地建立起这种联系的，不会显得牵强附会；在社交活动中时间绰绰有余，从某种意义上说，这种社交活动就是为了在完全不同的话题之间建立这种联系；但是，在布宜诺斯艾利斯的一条川流不息的大街上，在人群各自奔走并拥着人流向前的情况下，当然应该基本上排除这类谈话的可能性。可是，另一方面我又不能排除它，假如不想跌进决定我命运的无可解围的局面的话。于是，我又开始了想象，想象着从"中央邮局在哪里？"直到由讨论印象主义或超现实主义某些问题引起的更有效、更敏捷的谈话。这可真不容易呀！

在一个失眠的晚上，我得出了结论：做这类谈话的企图是没有用处的，是做作的。倒是应该向她提出一个勇敢的问题，孤注一掷，单刀直入，比如问她："你为什么只看画面上的小窗户？"从理论层面来说，人在失眠的夜晚总比在白天的现实生活中更加坚定，这倒是个普遍现象。第二天，在冷静地分析这个可能性时，我却发现自己永远也不会有这么大的勇气直截了当地提出这个问题。与往常一样，气馁又使我走到了另一个极端，当时我设想出另一个间接的问题，例如问她："你喜欢艺术吗？"那么，为了使它能触及我预期要问的话题（画上的窗户），就几乎需要有较长时间的友谊才能办得到了。

现在，我已经记不起所设想的种种方案了。我只记得有几个方案复杂到在现实中完全行不通。制作一把异常复杂的钥匙，要是竟然能打开一把事前连形状也没有见过的锁，还真是闻所未闻的奇迹。结果，当我对这么多缠绕交织的方案进行对比研究时，却忘了问题和答案的次序或者把它们混淆在一起了，就像下棋时没想棋局一样。有的时候，还经常把这个方案的话语套在另一个方案上，产生了许多可笑的和令人失望的结果。例如，拦住她，告诉她一个地址后立即问她："你对艺术感兴趣吗？"真是可笑至极！

每当出现这种局面时，我就休息几天来理理思绪。

6

当我看到她出现在对街的人行道上时，所有的方案都在头脑中聚集和翻滚起来。我模模糊糊地感到，在长期的准备操练中谋划和学到的句子这时都整句整句地出现在我的脑海中："你对艺术感兴趣吗？""你为什么只看我画中的小窗户？"……有一个句子比任何其他句子更倔强地冒了出来。这句话曾经因为它的粗鲁而被摈弃，现在更使我羞容满面，甚至感到十分荒唐可笑，这句话就是："你喜欢卡斯特尔吗？"

松散交错的句子成了一堆活动着的七巧板。最后我醒悟过来，这样担忧是于事无补的，因为我想起在任何谈话中应该由她采取主动。从这时起，我就傻里傻气地定下了心，现在回想起来，当时甚至还笨拙地想到："你的所作所为我拭目以待。"

在这般自我安慰的同时，我还是感到紧张和激动，以至于丢开了一切杂念，只是沿着人行道一个劲儿地跟着她。我竟没有想到，如果她要来问我地址，那么，她就必须穿过人行横道走到我这里才行。实际上要她从另一条人行道那边高喊着问我一个地址，那是再荒诞不过的了。

怎么办？这种局面要延续到什么时候呢？我感到十二万分的不幸。我们这样走了几个街区。她继续坚定不移地走着。

我很沮丧，但必须坚持到底——决不能失掉这个等待了几个月的机会。在我的思绪摇摆不定的同时，我的步子没有放松，这使我产生了一个奇怪的感觉：我的思想好像是一条瞎了眼的动作迟钝的蠕虫，在一辆快速行驶的汽车上疾驰。

她在圣马丁大街拐了个弯，几步后，走进了Ｔ公司大楼。我知道自己必须迅速决断，就跟在她后面走了进去，虽然这时我感到自己正在做一件不合时宜的怪事。

她在等电梯。周围没有其他人，有一个比我更大胆的小人从我的体内向她抛出了一个令人难以置信的笨问题：

"这是Ｔ公司大楼吗？"

横跨大楼前檐几米长的招牌写得很明白，这儿确实就是Ｔ公司大楼。

但是，她仍然大方地转过身来，肯定地回答了我。（后来，仔细地考虑了我的问题和她大方娴静的回答后，我得出了这样一个结论：太大的招牌往往不易被人发觉，所以，我的问题也不像我开始认为的那样笨了。）

但是，当她看向我的时候，她的脸马上涨得通红，以至于我以为她认出我了。这是我从来没有设想过的情景，但又很合乎逻辑，因为我的照片曾多次出现在杂志和日报上。

我激动得只能冒出另一个倒霉的问题，唐突地问她：

"您为什么脸红？"

她的脸更红了，可能刚要回答时，失去控制的我却又慌慌张张地加上一句：

"您脸红是因为认出了我。您会认为这是一个巧合，可它不是巧合，从来不会有什么巧合。我想您想了好几个月了。今天我在街上遇到了您，就一直跟着您。我有点重要的事情要问您，就是关于窗户的事，您懂吗？"

她惊愕不已。

"窗户？"她结结巴巴地问，"什么窗户？"

我觉得腿站不住了。她会不记得吗？那么，她不是因为重视而是因为好奇才看画的。我感到奇怪并马上想到，我几个月来（包括这个场面）的所想所为都是荒谬可笑的顶峰，是我凭空想象的"空中楼阁"的顶峰之一，它就像要复原一只断了脊梁骨的恐龙一样不切实际。

那位姑娘快要哭出来了。我觉得天要塌下来了，却找不到一处安静的或者可以躲避的地方。我终于想出了一句现在写来都感到难为情的话：

"我看是我搞错了，午安！"

我急忙出去，漫无方向地走着，几乎是在跑。也许走了有一个街区，我听到身后有人在喊我：

"先生！先生！"

是她！她跟着我但又没有勇气喊住我。她站在那儿，不知道如何解释刚才发生的事。她低声对我说：

"请原谅，先生……请原谅我的愚昧无知，我是害怕……"

几分钟前这世界还是一个由无用的人与事组成的混沌世界，我现在却感到它恢复了正常，变得有条不紊起来。我一声不响地听着她说。

"刚才我没有发现您是问画面上的窗户。"她颤抖着说。

我无意识地抓住了她的手臂：

"这么说您记得？"

有一阵子她眼睛望着地面不说话，然后，又慢慢地说：

"我一直记着它。"

接着发生了一件奇怪的事，她好像对自己说的话后悔了，因为她突然转过身去，几乎是跑着走开了。我愣了一下，就跟在她后面跑，直到发现这个场面的可笑时才停下来。我朝四周看了看，一边继续快速地走着，跨着正常的步子。这个行动是由两个想法决定的：首先，一个名人在大街上跟着一位姑娘跑是荒谬的；其次，没有必要。这第二点是最要紧的，因为随时都可以在上下班时在办公室外见到她。干吗要像疯子似的跑呢？重要的，最重要的是她记得那个窗户："我一直记着它。"我高兴极了，感到身体里有无穷的力量，一旦知道随时都可以在办公室外见到她，我只对自己在电梯前失去控制和现在又像疯子似的跟着她跑感到不满了。

7

"办公室?"突然我高声问自己，几乎要喊出来。我感到腿又站不住了。谁对我说过她在这个办公室里工作？难道只有工作的人才进办公室吗？想到可能又要有几个月见不到她，也许会永远见不到她，这个想法使我眩晕。顾不得合适与否，我像个绝望的人一样奔跑起来，很快又进了T公司大门，而她却已经不在了。是乘电梯上去了吗？我想去问一下开电梯的人，可是怎么问呢？可能已经有许多姑娘上去了，那就应该说明她的特征。开电梯的人又会怎么想呢？我拿不定主意，在人行道上溜达了一会儿。然后，我穿过人行横道，不知为什么竟打量起大楼的正面来了。可能是徒劳地希望看到那位姑娘从某个窗口探出身来？但想象她会从窗口探出身来朝我打手势或别的什么太荒谬了。我只看见一块巨大的招牌上写着：

T公司

　　我目测了一下，这块招牌横跨大楼正面约二十公尺宽，这个估算增加了我的烦恼。但是现在我没有时间考虑它，以后再慢慢地折磨自己吧。现在没有其他办法，只好再进去了。我大步走进大楼，等待电梯下来；在电梯下落的时候，我却发现自己的决心在步步退缩，与此同时，惯常的怯懦却在急剧增长。等到电梯门打开的时候，我就对自己应该采取的行动做出了决断：缄口不语。那么，在这种情况下干吗还要乘电梯呢？可是，在和许多人同时等候许久之后再不进电梯就有点太不自然了。别人会怎么想呢？我只好硬着头皮走进电梯，当然得坚持自己缄口不语的决心。这是最可行、再正常不过的了；按照常规，任何人都不必承担在电梯内讲话的义务，除非他是开电梯的人的朋友，那样他就可以问问时间或对方生病的孩子了。由于我同开电梯的人根本不认识，而且，实际上到那时为止我从未见到过他，所以我缄口不语的决心不会引起任何麻烦。同时有几个人在电梯内对我也是有利的，我可以不被人注意地挨过这段时间。

　　于是，我平静地跨进电梯，事情完全像我预料的那样，没有遇到一点麻烦。有人与开电梯的人谈到了梯内的潮湿闷热，这也于我有利，因为我也有同感。我说"八层"时稍微有点紧张，但是，只有知道我当时心情的人才可能觉察到。

抵达八楼时，我看到有一个人和我同时走出电梯，这使局面变得有点复杂。我磨磨蹭蹭地等待那人走进一间办公室，而我沿着长长的走廊继续走着。他一进门，我轻轻地舒了口气。在走廊里走了几个来回后，我到了它的一头，透过窗户观看了布宜诺斯艾利斯的全景，最后决定转过身来按电梯按钮。不一会儿我就来到了大楼的门口，任何我曾担心的难堪场面也没有发生（如开电梯的人提出奇怪的问题等等）。我点了一支烟，还未完全点燃，就发现自己的平静是相当荒谬的：确实没有发生任何难堪的事，但是确实什么也没有发生！用更直率的话来说，就是除非那位姑娘在这儿工作，否则我就找不到她了；因为，如果她是来办点事的，很可能她上去以后就已经下来了，同我走岔了。"当然，"我想，"如果她是来办事的，也有可能在这么短的时间内事情还没有办完。"这个想法又重新鼓起了我的勇气，我决心在楼下等她。

我毫无所获地等了一个小时，分析了各种可能出现的情况：

一、事情要办很长时间。这样我就应该继续等下去。

二、发生了刚才的那场相遇后，也许她太激动了，可能要到别处去走走再来办事，这样也应该等下去。

三、她就在这儿工作，这样就应该到下班时间再来等。

"所以说，等到现在，在我面前还有三种可能性。"我得出结论。

我对自己的逻辑深信不疑，就很快定下心来，走到街角一家咖啡馆里去耐心等待，从那边的人行道可以观察到大楼里出来的人。我要了啤酒，看了看表：现在是三点一刻。

随着时间的推移，我越来越肯定了最后一种假设：她在这儿工作。六点的时候我站了起来，我觉得最好还是在楼门口等，因为肯定一下子会出来许多人，很可能从咖啡馆那里看不到她。

六点过几分的时候，职员们陆陆续续出来了。

六点半，从大楼里出来的人越来越少了，这似乎表明人几乎走完了。七点差一刻的时候，几乎已经没有人出来了，只是偶尔有一两名高级职员走出来——除非她也是个高级职员（"荒谬"，我想）或者她是一位高级职员的秘书（"这倒有可能"，我抱着一丝希望想着）。

到七点的时候，一切都结束了。

8

在沮丧至极的回家路上，我试图清醒地想一想。我的头脑像一锅翻腾的稀粥。我一紧张，思绪就像在跳令人目眩的芭蕾舞。虽然这样，或者正是由于这样，我才能够慢慢地习惯于严格地控制和整理思绪，否则的话，用不了多久，我就要发疯了。

正如前面说过的，回家时我已沮丧至极，但并不因此就停止整顿和清理思绪了，因为如果不想永远失去那个显然是唯一能理解我作品的人的话，我就必须清醒地想一想。

要么她是为办事进去的，要么她就在那儿工作，没有别的可能性。这第二个假设当然是最理想的。如果是这样，可能她在见到我之后激动异常，当即决定回家去了。因此，就必须第二天再在大门口等她。

接着我又分析她去办事的可能性。也可能她遇见我后激动异常，先回家去了，把事情放到第二天去办，这样也应第二天再在门口等她。

这是两个对我有利的可能性。还有一个就可怕了：当我来到大楼并在电梯里上上下下的时候，她已经办完事走了。也就是说，我们走岔了。这段时间虽然很短，这样的"巧合"也似乎难以置信，但它是可能的：比如她的任务完全可以只是送一封信。如果是这种情况，我认为过一天再去等她就毫无用处了。

然而，确实存在两种有利的可能性，我绝望地紧紧抓住它们不放。

当我到家的时候，内心非常混乱：一方面，每当想到她说过的那句话（"我一直记着它"），我的心就猛烈地跳动起来，我感到在我面前展开了一个阴暗但却广阔和美好的前景；我感到，在我内心里沉睡着的一股巨大力量爆发出来了。另一方面，我想到可能还要过许多时间才能再见到她。一定要找到她，我几次高声大喊：一定！一定！一定！

9

第二天，我早早地就站在T公司办公楼入口处的大门对面。所有的职员都进去了，但她却没有露面。很明显，她不在那儿工作——虽然还可以勉强设想她病了，因而这几天不能来上班。

此外，还有她会前来办事的可能性，所以我决定在街角的咖啡馆里等一个上午。

一切希望都快成为泡影的时候（大约是十一点半），我看到她从地铁口走了出来。我激动万分，一下子跳起来，迎着她走去。当她看见我时，突然停住，仿佛石化了一般——很明显她没有料到我会以这种方式出现在她面前。是很奇怪，但我酝酿许久的感受给了我一种不寻常的力量，我感到自己力大无穷，充满了男子汉大丈夫的决心，我要豁出去了。于是，我粗暴地抓住她的一条胳膊，一句话也不说，拉住她沿着圣马丁大街向广场走去。她好像没了主意，一言不发。

走了大约两个街区，她才问道：

"您要把我带到哪里去？"

"圣马丁广场。我有许多话要对您说。"我一面回答，一面仍旧拉着她的胳膊，坚定地向前走着。

她咕哝了几句关于T公司办公楼的话，但我继续拉着她走，一句也没有听到。

我又补充了一句：

"我有许多话要对您说。"

她并不反抗，我感到自己像是挟带着一根树枝的一股洪流。到广场后，我找了一把偏僻角落里的椅子。

"您那天为什么要逃走？"这是我问她的第一句话。她用前一天我就注意到的，对我说"我一直记着它"时的那种神情看着我，目光奇异、坚定、深邃，像是那种会出现在身后的凝视；这目光使我想起了什么，一对似曾相识的眼睛，但是，我却记不起来在什么地方见过。

"不知道，"她最后答道，"现在我也想逃走。"

我抓紧她的胳臂。

"请您答应我再也别走了。我需要您，很需要您。"我对她说。

她询问似的重新看看我，但没开口。接着，她的目光盯住了远处的一棵树。

　　她的侧面我记不起来了。她的面庞是漂亮的，但有点冷漠。一头栗色的长发。从外表看，她最多二十六岁，但她身上有点儿更加成熟的气质，这是一个颇有经历的人所特有的。没有白头发，没有任何纯物质层面的征兆，只有某种不确定的、精神方面的东西。可能是目光，但是，什么情况下才能说一个人的目光是一种体征呢？可能是抿嘴的方式，因为嘴巴和嘴唇虽然是外表的一部分，但抿嘴的方式和某些皱纹也是精神的表露。当时或现在，我都说不清楚对她年龄的印象是怎么来的。我想也可能是说话的方式。

　　"我很需要您。"我重复道。

　　她不回答，继续盯着那棵树。

　　"您为什么不说话？"我问她。

　　她的目光仍然没有离开树，答道：

　　"我是个普通人，您是个大艺术家。我不知道您怎么会需要我。"

　　我粗暴地喊道：

　　"我对您说我需要您，您懂吗？"

　　她一直看着树，低声说：

"为什么?"

我没有立刻回答她。我放开了她的胳膊,沉思起来。真的,为什么呢?到这时为止,我还没有清醒地自问过这个问题,我所做的一切只是出于本能。我开始用一根树枝在地上画起几何图形来。

"我不知道,"过了一会儿我低声咕哝了一句,"我自己也不知道。"

我紧张地思索着,并用小树枝把图案搞得越来越复杂。

"我的头脑是一座费解的迷宫。有时,类似闪电的东西会照亮它的一些过道。我永远也不会知道我为什么要干某些事情。不!不是这个……"

我觉得自己好笨,无论如何这不是我的为人。我努力想了一下:难道我不会思考?相反,我的头脑经常像计算机一样在思考。比如眼下这件事,几个月来我不是一直在思考、整理并评估各类假设吗?从某种程度上说,不正是由于我的逻辑能力,才最后找到了玛丽亚吗?我觉得自己越来越接近真理了,非常近了,我害怕失去它。于是我加了一把劲。

我喊道:

"不是我不会思考!相反,我一直在思考。但请您想象一下,有一位船长每时每刻都在精确地确定他的位置,他沿着航道一丝不差地向目的地驶去，但是，他不知道为什么要到这个目的地去，您明白吗？"

她困惑地看了我一会儿，接着又看向树。

"我感到，对于我要做的事情来说，您将是很关键的，虽然我还没有发现其中的道理。"

我重新用树枝画着图案，继续努力思考。过了一会儿，我又补充道：

"暂时我只知道，是同画面上的窗户有关系，您是唯一注意到它的人。"

"我不是艺术评论家。"她小声说。

我生气了，并大声喊道：

"别跟我提那些蠢货！"

她惊愕地转过身来。于是，我放低了声音，向她解释为什么我不相信那些艺术评论家，关于手术刀之类的理论，等等。她听着我说话，但始终没有看我。当我说完时，她开口了：

"评论家们一直很赞赏您，您却在抱怨他们。"

我生气了：

"我只会觉得更糟！您不懂吗？这是使我痛苦的许多事情之一，这些事情让我觉得在错路上越走越远。比如，在画展上，这帮骗子中没有一个人注意到那扇窗。只有一个人注意到了，这就是您。而您不是一个评论家。不！实际上另外还有一个人注意到了它，但是，他持否定态度；他责备了我，他对它很反感，几乎是厌恶。相反，您……"

她一直看着前面，慢吞吞地说：

"您觉得我不会有相同的看法吗？"

"什么看法？"

"就是那个人的看法。"

我焦急地看了看她，但她的侧脸加上紧收下巴的表情看上去深不可测。我坚定地回答：

"您和我想的一样。"

"那您是怎样想的呢？"

"不知道，我也不知道如何回答这个问题。您的感受同我一样，也许这样说更合适。如果易地而处，我是看画人的话，也会如您一般仔细观察那扇小窗。我不知道您在想些什么，我也不知道我在想些什么，但是，我知道您想的同我一样。"

"那么，您从不思考您的作品的含义吗？"

"以前我考虑得很多，我构建这些作品，就像造房子一样。但是我没有考虑过上面说的这个画面：我冥冥之中就觉得应该这样画。现在还不知其委。实际上这个画面同画的其他部分毫无联系，我甚至觉得这些白痴中曾经有一个人这样向我指出过。我把握不住，所以我需要您的帮助，因为我知道您的感受同我一样。"

"我可不知道您到底在想些什么。"

渐渐地我开始不耐烦了，冷冷地回答她：

"我不是对您说过我自己也不知道自己在想些什么吗？要是能用明确的语言说出我所感受到的，那几乎就是'思虑周全'了。不是吗？"

"是这样的。"

我停了一会儿，力求清楚地思考着。接着又说：

"可以这样说，我以前的一切作品都更肤浅。"

"什么以前的作品？"

"窗户画面之前的作品。"

我重新集中注意力，又说：

"不，确切地说不是，不是这样。不是说它们更肤浅。"

究竟是什么呢？到那时为止，我还从未开始考虑过这个问题，现在才明白，当初我是像个梦游症患者似的画下了窗户画面的。

"不，不是说它们更肤浅，"我补充说，好像在自言自语，"我不知道。所有这一切都应该同全体人类有关，您懂吗？我记得，在画这幅作品的前几天，我曾经读到，在一个集中营里，有人要吃饭，结果看守逼着他吞下一只活老鼠。有的时候，我认为一切都没有意义。在一个几百万年以来都在向着未知奔跑的小小星球上，我们在痛苦中诞生、成长、斗争；我们生病，自己受苦也使别人受苦，呐喊、死亡，一些人死了，另一些人正在出生，重新开演一出毫无意义的喜剧。"

难道真的就是这样吗？我静下心来思索着这种关于缺乏意义的想法。我们的一切生命难道只是在漠不关心的天体沙漠里的一阵无名的呐喊吗？

她继续沉默。

"虽然我知道这个海滩画面的意义要深刻一些，"过了好久，我又说，"但是，它却使我害怕。不，我是想说它对我来说更深刻一些……就是这样。它还不是一个明白的信息，不是的，但对我来说，它是深刻的。"

我听见她说：

"也许是绝望的信息吧？"

我热切地看着她：

"是的，"我说，"我认为是绝望的信息。您想的和我一样，您看到了吧？"

过了一会儿，她问：

"您认为绝望的信息值得称赞吗？"

我惊愕地观察着她：

"不！"我反驳说，"我认为不值得。您是怎么想的呢？"

很久很久她都没有回答。最后她转过脸来，眼睛直盯着我。

"'称赞'一词用在这里是根本不恰当的，"她说，好像在回答她自己的问题，"重要的是真实。"

"您认为这个画面是真实的吗？"我问。

她几乎冷漠地说：

"当然是真实的。"

我热忱地看着她那冷漠的脸庞和目光。"为什么如此冷漠？"我问自己，"为什么？"可能她感到了我的热切和想与她交往的要求，因为有一会儿她的目光缓和了，好像给了我一座桥；但是，我又想到这是架在深渊之上的一座并不结实的桥。她用一种不同的口吻说：

"但是，我不知道您与我见面会有什么收获。一切靠近我的人，都会变得不幸。"

10

　　我们决定尽快再见面。有些话我羞于出口，譬如我希望第二天就见到她，或者希望继续在那个地方见面，以及她永远也不应该再离开我。虽然我的记忆力惊人，可突然也出现了几处不可解释的"断片"。我不知道当时对她说了些什么，但我记得她回答说她该走了。

　　当天晚上，我给她打了电话。一位女士接了电话。当我说要找玛丽亚·伊丽巴内小姐时，她好像犹豫了一下，接着才说去看看她在不在。几乎马上我就听到了玛丽亚的声音，但是带着一种讨论公事的腔调，这使我大吃一惊。

　　"我要见您，玛丽亚，"我说，"我们分开后的每一秒钟我都在想您。"

　　我颤抖着刹住话头。她没有回答。

　　"您为什么不答话？"我更紧张地问道。

"请等一下。"她答道。

我听到她放下了话筒。一会儿又听到了她的声音。但是，这一次是她真实的声音——现在她好像也在颤抖。

"我刚才不方便讲话。"她解释。

"为什么?"

"这里进进出出的人很多。"

"现在为什么能讲话了呢?"

"因为我把门关上了。我一关上门，别人就知道不该来打扰我了。"

"我需要见到您，玛丽亚，"我难以自抑地重复着，"从中午到现在，除了想您，我什么事也没有干。"

她没有回答。

"您为什么不回答?"

"卡斯特尔……"她好像有点拿不定主意。

"别喊我卡斯特尔!"我生气地喊着。

"胡安·巴勃罗……"她怯懦地说。

我感到，随着这几个词，一种永无止境的幸福开始蔓延。

但是，玛丽亚又停下来不说话了。

"怎么回事?"我问，"为什么不说话?"

"我也是。"她低声说。

"什么我也是?"我急切地问。

"除了想,我也是什么事儿都没有干。"

"想什么?"我还不满足,继续问道。

"想一切。"

"一切是什么意思?想什么?"

"这奇怪的一切……您的画……昨天的相遇……今天的事……我也说不清楚……"

模棱两可一直是使我恼火的事。

"是的,但我对您说的是我一直在想您,"我答道,"您没有说您在想我。"

过了一会儿,她又说:

"我对您说过我想一切。"

"您没有展开说。"

"因为一切都是奇怪的,这样奇怪……我的生活突然被扰乱……我当然想您……"

我的心怦怦地直跳。但我要细节:使我激动的是细节,笼统地说说可不行。

"但是,怎么样?怎么样?"我更加热切地问,"我想过您的每一个特征,您看树时的侧影,您那栗色的头发、冷漠的眼睛,您的眼神如何一下子变得柔和起来,您走路的样子……"

"我得挂电话了，"突然她打断了我的话，"有人来了。"

"我明天一早再打电话给您。"我绝望地赶紧补上一句。

"好吧！"她急急地回答着。

11

　　我度过了一个情绪激昂的晚上。虽然我多次想动手干点事，但是既不能勾图也不能绘制。我走出门去溜达，突然走到了科里恩特斯大街。我感到很奇怪，我开始与周围所有人共情。我已经说了，我要不偏不倚地把这桩罪行写出来，现在我做出第一个证明，坦率地说出我诸多缺点之一：我总是厌恶地看待人们，特别是麇集在一起的人群；我总也受不了夏天的海滩。零零星星几个男人女人是最理想的，对有些人我感到钦佩（我不是个好妒忌的人），对有些人我怀有真挚的好感；对待儿童我总是和颜悦色，充满同情心（特别是努力去忘掉他们最终也会成为像所有人一样的人）；但是，一般来说，我总认为人类是可憎的。我会毫不介意地承认：有时候，观察到某个特征会使我整天吃不下饭或整个星期不能作画。竟然能在一张脸上、一个走路的姿势上、一束目光里看出欲望、妒忌、狂妄、粗野、贪婪，这一切组成人类本质的属性。我认为一个人在经历了这样的相遇后，不思饮食，惰于作画，甚至不想生活是很自然的。但是，我要说清楚，我并不以此为傲；我知道这是自负的另一种表现，我也知道自己的灵魂也曾经庇护过妒忌、狂妄、粗野和贪婪。但我说过我要把我的故事完整地写出来。我会这样做的。

于是，当天晚上，我似乎丢弃了对人类的轻蔑，至少它暂时地消失了。我走进了马尔索托咖啡馆。我想诸位读者一定知道，人们去那儿是为了听探戈音乐，但却是像上帝的信徒听《马太受难曲》那样去听的。

12

第二天早上十点左右，我打了个电话给她。还是前一天的那个女的接的电话。当我问起玛丽亚·伊丽巴内时，她对我说玛丽亚已于当天上午去乡下了。我心里一凉。

"去乡下了？"我问。

"是的，先生，您是卡斯特尔先生吗？"

"是的，我就是。"

"这里有她留给您的一封信。请原谅，她没有您的地址。"

我原来对今天的会面抱着极大的希望，盼望着能从这次会面中得到一些重要的东西，所以这个消息弄得我一蹶不振。我的脑海里产生了一系列疑问：她为什么去乡下呢？很明显，这个决定是在我们通电话之后做出的，否则她会在电话里对我提到，而且她不会接受我第二天早上给她打电话的建议。那好，如果这个决定是在通话之后做出，那它是不是我们通电话的结果呢？如果是的，那又是为什么呢？她想又一次逃离我吗？是害怕第二天不可避免的会面吗？

这个意料之外的乡村之行，使我产生了第一个疑问。像往常一样，我开始发现过去没有注意到的可疑的蛛丝马迹。昨天打电话时，她的语调为什么改变？那些"进进出出"和使她不能正常讲话的是些什么人呢？此外，这一点还证明她是善于伪装的。当我问起伊丽巴内小姐时，那个女人为什么犹豫？但是，特别是其中的一句话像用硫酸泼洒一样刻在我的脑海中："我一关上门，别人就知道不该来打扰我了。"我觉得在玛丽亚周围悬浮着许多阴影。

我在急忙赶去她家的路上第一次思考这些问题。很奇怪，她没有打听我的地址，相反我却知道她的地址和电话。她住在博沙达斯大街，几乎就在塞阿维尔的街角上。

当我登上五层楼按响门铃时，心里十分激动。

一个可能是波兰人（或者类似国家的人）的男仆开了门。当我报了自己的姓名后，他把我领进一间堆满了书的房间：墙壁四周放满了顶到天花板的高大书架，在两张小桌甚至一把扶手椅上也都堆满了书本。许多书本的过大开本引起了我的注意。

我抬头朝这个图书室扫了一眼。突然我感觉到有人在背后观察我。我转过身来，看到在房间的另一端有一个人：高个子，清瘦，有着一个漂亮的脑袋。他微笑着看着我，但只是看着，没有具体的指向。虽然他睁着双眼，我却发现他是个盲人，于是我明白了为什么书的开本不同寻常。

"您是卡斯特尔，对吗？"他热情地向我伸出手来。

"是的，伊丽巴内先生。"我答道，一面困惑地把手向他伸去，一面想着玛丽亚同他之间是种什么样的关系。

他一面做手势让我坐下，一面微露讥讽地笑笑，说道：

"我不姓伊丽巴内，也别称我先生，我叫阿连德，是玛丽亚的丈夫。"

显然是惯于评估事情的走向，也可能是习惯于解读沉默，他紧接着说：

"玛丽亚一直用她未出嫁前的姓。"

我像尊塑像似的站着不动。

"玛丽亚经常对我谈到您的画，我的眼睛瞎了没有几年，所以还能较好地想象。"

好像是在为他的瞎眼开脱似的。我不知道说什么好。我多么希望一个人待在街上好好地想想这一切呀！

他从口袋里取出一封信递给我：

"这是信。"他轻描淡写地说，好像没有什么特别的地方。

我拿了信刚想收起来，那个瞎子像看到了我的动作似的说：

"没有关系，看吧，虽然是玛丽亚的信，但不会有什么急事的。"

我颤抖起来。瞎子给了我一支烟。他给自己点烟时，我打开了信封，取出信笺，上面只有一句话：

　　我也想您。

玛丽亚

当瞎子听到叠信笺的声响时，问道：

"没有什么急事吧？"

我努力镇定了一下，答道：

"是的，没有什么急事。"

看到瞎子睁大了眼睛朝着我笑，我觉得自己成了一个丑恶的人。

"玛丽亚就是这样，"他好像沉思着说，"许多人把她的冲动行事和紧迫混在一起。实际上，玛丽亚快刀斩乱麻地做出的一些事，却并不能改变局面。我怎么给您解释呢？"

他思绪万千地望向地面，好像要找一个更清楚的解释。

过了一会儿后，他说：

"就好像有人站在沙漠里，突然快速地挪到另一个位置，您懂吗？速度并不重要，因为他还在沙漠里。"

他吸了一口烟，又想了一会儿，好像我并不存在一样。接着他又补充说：

"虽然我并不确切地知道这样作比对不对。我对比喻并不在行。"

我找不到逃离那个该死的房间的机会，但那个瞎子看上去并不着急。我想："这是一出什么恶作剧？"

"比如现在，"阿连德又说了，"她早早地起床对我说她要去庄园。"

"去庄园？"我下意识地脱口而出。

"对，去我们的庄园。也就是我祖父的庄园。但现在这个庄园在我表弟温特尔的名下。我估计您也认识他。"

这个新得到的消息既使我忧虑满腹，也使我怒火满腔。是什么原因使玛丽亚看上了这个又蠢又笨、卑鄙无耻的好色之徒呢？我努力使自己平静下来，想着她不是奔着温特尔去的，而是喜欢乡村的寂静才去的，因为庄园是这个家庭的财产。但是，我很伤心。

"我听说过他。"我苦涩地说。

在瞎子还没有来得及开口之前，我赶紧接着说：

"我该走了。"

"唉，多么遗憾，"阿连德叹了口气，"希望我们能再见面。"

"好，好，当然了。"我说。

他把我送到门口，我握了握他的手就跑出来了。在乘电梯下楼的时候，我一直怒气冲冲地重复着一句话："这是一出什么恶作剧？"

13

我需要清理一下头脑，冷静地想一想。我顺着博沙达斯大街走向雷科莱塔街。

我的头脑成了一盏走马灯：各种纠缠在一起的想法，爱与憎的感情，各种问题，以及不满和回忆，连续不断地转换着。

比如，让我到她家去取信，又让她的丈夫亲手交给我，这是什么意思呢？她怎么不告诉我，她已经结过婚了呢？她和那个不要脸的温特尔在庄园里搞什么鬼名堂？她为什么不等我的电话呢？还有这个瞎子又是个什么玩意儿？我已经说过，我对人类怀有一种厌恶的感情，现在，我还要坦率地说，我一点也不喜欢瞎子，在他们面前，我感到面对着某些冰冷的、潮湿的、悄然的、像毒蛇一样的动物。如果再加上在他面前读一封写着"我也想您"的信，不难猜到我当时的厌恶情绪。

我要整理一下混乱的想法和感情，并着手用我习惯的方法来整理。应该从开头理起。这个开头（至少是最近的开头）很明显就是那通电话了。在这次通话中有几处不清楚的地方。

首先，如果在这个家庭里，她同别的男人联系是件很自然的事，就像通过她丈夫交信这件事所证明了的那样，那么她在关门之前为什么要用公事化的口吻呢？另外，"我一关上门，别人就知道不该来打扰我了"这句话是什么意思呢？看来，她是经常关上门打电话的。但是，不可想象的是，同家里的朋友打个普通电话还要关门：应该假设她关门是由于我和她之间的那类通话，也就是说在她生活中有其他一些像我这样的人。有多少？他们是谁？

我首先想到了温特尔，但我立刻又把他排除了。既然只要她愿意就可以在庄园里见到他，又何必打电话呢？那么其他人又是些什么人呢？

这样一想，电话之谜是否解开了呢？不，没有解开：还有她对我提出的具体问题的回答。我痛苦地发现，当我问她是否也想我时，她绕了许多圈子以后仅仅回答说："我不是对您说我想一切吗？"这种用问题回答问题的方式是说明不了什么的。总之，这个回答的不明确也可以从她第二天（或当天晚上）认为有必要用写信的方式来回答得到了证实。

"现在来看信。"我自己对自己说。我从口袋里取出信来，重新看了一遍。

　　我也想您。

玛丽亚

字迹很潦草，或者至少是一个激动的人写下的。但，这不是一回事。因为，如果仅是字迹潦草，表明是当时的一种感情，因而也是一个有利于我的迹象。不管怎样，签名"玛丽亚"三个字却使我万分激动。只有玛丽亚三个字！这简单明了的三个字使我产生了一种朦胧的所有感，朦胧地感到那位姑娘已经进入我的生活了。而且，从某种意义上来说，她已经属于我了。

啊呀！我幸福的情感真是昙花一现……比如，上面的这种想法经不起最起码的分析：难道她丈夫不也喊她玛丽亚吗？而且温特尔肯定也是这样称呼她的，会有什么其他方式来称呼她呢？还有那些与她关上门通电话的人，我想决不会有人关着门同尊敬地称之为"伊丽巴内小姐"的人谈话的。

"伊丽巴内小姐"！现在我明白了为什么我第一次打电话时，她家女仆要犹豫了：多么可笑！好好想一想，这又一次证明上述称呼完全不是桩新鲜事：很明显，第一次有人问起"伊丽巴内小姐"时，女仆惊奇之余，必然强调了"夫人"这个字眼来纠正对方。但是，由于重复纠正别人，女仆最终只好耸耸肩膀，觉得最好不再陷入无止境的纠正了。于是，她很自然地犹豫了一下，但是没有纠正我。

再来谈信，我认为有理由从中做出一系列推测。先从最不寻常的一件事开始：递信的方式。我还记得女仆的话："请原谅，先生，她没有您的地址。"是的，她没有问我地址，我也没有想起来给她；但是，如果我是她，首先就会在电话簿上找。不能把她的行为归咎于不可思议的懒惰，于是确凿无疑的结论就是玛丽亚希望我到她家里去同她丈夫见面，然而，这又是为什么呢？这样，就出现了一个极其复杂的局面：可能是她对用丈夫做中间人感到有趣，也可能是她丈夫对此感到有趣，也可能两个人都是这样。除了这两个变态的可能外，还有一个正常的可能性：玛丽亚是想使我知道她结过婚，为了让我明白再这样继续下去是不合适的。

我敢肯定，许多看到这里的读者都会认定第二种可能性，并认为只有像我这样的人才会相信前者。在我还有朋友的日子里，他们多次笑我那总是选择费解道路的怪癖：我问自己，为什么现实必须是简单的呢？相反，我的经验告诉我，它几乎从来就不是简单的，每当有一件看来非常清楚的事，一个看来属于小事的行动，它们的背后几乎总是有很复杂的动机。一个日常的例子：施舍者，一般都被认为是个慷慨大方的人，比不肯施舍者好。我冒昧地想用最蔑视的态度来剖析一下这个简单的理论。大家都知道，一个乞丐（真正的乞丐）的问题不会因为一个比索或一块面包而解决。它只满足了施舍者的心理，他几乎毫不破费地买来了心安理得和一顶慷慨的桂冠。请想一想，掂一掂，为了确保精神上的安宁和作为自我安慰的那种待人仁慈的虚荣心，他们甚至不肯每天多花超过一个比索的代价，他们该是多么吝啬呀！如果没有这种虚伪的（和吝啬的）行为，该需要多少纯洁的精神和高尚的勇气来分担人类贫困的局面呀！

我们还是回到信上来。

只有思想肤浅的人才会坚持上面的假设，因为稍加分析它就会瓦解："玛丽亚是想使我知道她结过婚，为了让我明白再这样继续下去是不合适的。"好极了，但是，在这种情况下，她为什么要采取这种讨厌而又残酷的方式呢？她就不能亲自或者通过电话告诉我吗？如果她没有勇气亲口告诉我，难道不能写信给我吗？还有一个可怕的细节，就像我见到的那样，那封信中既没有说她结过婚，也不要求我把相互的关系看得平淡一些，这又是为什么呢？不！先生们，正相反，那封信是用来巩固和促进我们之间的关系的，并要把这种关系引向最危险的道路。

还有病态心理的那种假设。玛丽亚对让阿连德做中间人感到有趣吗？抑或是她的丈夫在寻找这种乐趣？还是命运乐于把这两个相似处境的人联系在一起？

突然，我对自己因无限分析事情和言论的习惯而走向极端后悔起来。我记起在听我讲话时她注视着广场上那棵树的目光，记起了她的羞态，她的第一次逃离。一阵汹涌的温柔开始涌上我全身。我觉得她是被包裹在充满丑恶和贫困的残酷世界之中的一个弱小生灵。从展览厅第一次见她以来，我再次感受到：她是我的同类。

我忘却了自己那些枯燥无味的论据和残酷无情的推论。我开始想象她的脸庞，她的目光——这目光我觉得似曾相识——她深刻而忧伤的推理方法。我觉得，我在多年的孤独中培育起来的渴爱之心投射到了玛丽亚身上。怎么能去想那些荒谬的事情呢？

于是我竭力想忘掉自己对电话、信、庄园、温特尔所做的愚蠢推论。

但是，我忘不掉。

14

　　接下来的几天颇不平静。在匆忙中我忘了问玛丽亚回来的日期；去她家取信的当天，我又打了个电话去询问，女仆告诉我说她一无所知，于是我问来了庄园的地址。

　　当天晚上，我怀着侥幸的心情给她写了封信，问她回来的日期，并请她一回到布宜诺斯艾利斯就给我打电话或写信。为了确保及时送达，我甚至到中央邮局去用挂号信发出。

　　我曾经说过，我度过了不平静的几天，去博沙达斯大街以后折磨着我的各种模糊的想法千百次地浮上我的脑海。我做了一个梦：一天晚上我访问了一幢独屋，这幢房子我似曾相识，并且是我从童年起就无限向往的，所以一走进去，回忆就带着我走。但有的时候，我在黑暗中迷了路，或者有这样一种感觉，好像有躲起来的敌人会从背后来攻击我或者有窃窃私议的人在嘲笑我，嘲笑我的幼稚。是些什么人？他们想干什么？但不管怎样，在这幢房子里，我感到少年时期的青涩之爱伴随着同一时代的害怕和略带狂热、畏惧和喜悦的感受复活了。醒来的时候，我明白了，梦中的这幢房子就是玛丽亚。

15

在收到她来信的前几天，我的思绪就像一个在多雾的地方迷了路的探险者，东找西寻，费了九牛二虎之力，才看清此一个彼一个模糊不清的人影物像，看清危险与深渊的捉摸不定的外形。她的来信好比终于出了太阳。

但是，这是一个黑色的太阳，一个夜晚的太阳。我不知道能不能这样说。虽然我不是作家，虽然这种说法是否确切我也没有把握，但是，我不会去掉"夜晚"这个词：在所有组成我们不完备语言的词语中，这个词也许是最适合玛丽亚的了。

下面就是她写给我的信：

我度过了奇怪的三天：大海、沙滩和道路为我带来了对其他时期的回忆。不仅是形象，也有其他时期的声音、呼叫和长时间的寂静。这是奇怪的，但是，活着就是在为将来创造回忆；就是现在面对着大海的时候，我知道，我正在为详细的回忆做准备，也许有一天，它们会给我带来忧伤和绝望。

大海就在眼前，气势磅礴，无边无际。我当时的哭泣是无用的；我在孤零零的沙滩上眼睛紧盯着大海，我的等待也是无用的。你猜到并画下了我的这个回忆，还是画下了像你和我这样的许多人的回忆呢？

但是，现在你的形象出现了：你在大海和我之间。我的眼睛遇上了你的眼睛。你是平静的，有点忧伤，你看着我好像在求我帮助。

玛丽亚

我多么理解她啊！这封信使我生出了多少美好的感情呀！包括她突然用"你"来称呼我，这使我相信玛丽亚是我的。她只属于我："你在大海和我之间"，再也没有别人了，就像在她看窗户画面时我感受到的那样，只有我们两个人。既然我们是一直熟悉的，一千年前就熟悉的，她怎么能不用"你"来称呼我呢？如果当她站在我的画前，既看不到也听不见围着我们的人群，那就好像我们已经用"你"相互称呼了，我立刻知道了她是个怎么样的人和她是谁了，我马上明白我是多么需要她，同样，她也是多么需要我。

呀！但是我杀了你！是我杀了你，我好像透过一堵玻璃墙看见了你，却不能抚摸你那沉默和热忱的脸庞！我是多么愚蠢！盲目！自私！残酷！

激扬之词可以休矣。我说过要简练地写，就这么办。

16

　　我如痴如醉地爱着玛丽亚，但是，爱这个词在我们之间还未启齿。我望眼欲穿地盼望着她从庄园回来，对她说出这个词。

　　然而，她一直没有回来。随着时日的过去，我心中升起了一种发疯似的感觉。我给她写了第二封信，信中只有一句话："我爱你，玛丽亚，我爱你，我爱你！"

　　两天后，我终于收到了她的回信，信中只有这几个字："我担心我会害了你。"

　　我马上给她回信："你会使我怎样我无所谓，如果我不能爱你，我会死去。见不到你的每一分钟对我来说都是无止境的折磨。"

　　又挨过了难熬的几天，还是没有玛丽亚的回信。我绝望地又写了一封信："你在践踏我们的爱情。"

又一天，我在电话里听到她遥远而颤抖的声音。除了不断说着"玛丽亚"这三个字外，我一句话也说不出来，也不可能说出来——我的喉咙紧张得连话也讲不清楚了。她说：

"我明天回布宜诺斯艾利斯去。一到就给你打电话。"

第二天下午，她从家里给我来了电话。

"我要马上见到你。"我说。

"好的，我们今天就见面。"她回答。

"我在圣马丁广场等你。"我对她说。

玛丽亚有点犹豫，过了一会儿说：

"我宁可去雷科莱塔。我八点到那儿。"

我是多么盼望这个时刻的到来呀！为了使时间过得快一点，我漫无目的地在大街上走着。呀！我内心感到多么温柔！世界、夏天的傍晚、在人行道上嬉耍的小孩是多么可爱呀！现在，我才想到爱情是多么使人盲目并具有多大的驱动力！美丽的世界！简直令人幸福到死去！

八点刚过几分，我就看见玛丽亚在暮色中寻找着我，向我走来。天太晚了看不清她的脸，但我认出了她走路的姿势。

我们坐了下来。我抓紧了她的手臂，多次不停地重复着她的名字，不知说什么好。而她却一言不发。

"你为什么到庄园去？"我终于粗暴地问她，"为什么把我一个人丢下不管？为什么你在家里留下一封信？为什么不告诉我你结过婚？"

她不回答。我使劲拧她的手臂，她呻吟了一声：

"你把我拧痛了，胡安·巴勃罗。"她柔声说。

"你为什么不说话？为什么不回答？"

她还是一言不发。

"为什么？为什么？"

最后，她终于开口了：

"为什么一切都要有答案呢？别谈我了，我们来谈谈你，你的工作，你的忧虑。我经常想到你的画，想到你在圣马丁广场对我说的那些话。我想知道你现在在干什么，想什么，有没有作画。"

我又恼怒地拧起她的手臂来。

"不，"我回答说，"关于我的事，我不想谈；我希望谈谈我们两个人，我必须知道你是否爱我，别的不管。我要知道你是否爱我。"

她不回答。她的沉默和那妨碍我透过她的眼睛来猜测她心思的黑暗使我失望。于是，我擦着了一根火柴。她很快转过身去把脸藏了起来。我用另一只手托住她的脸，迫使她转过脸来看着我：她正在悄声地哭泣。

"啊！这么说你不爱我。"我痛苦地说。

但是，在火柴慢慢熄灭的时候，我却看到她温柔地望着我。在黑暗中，我感到她的手在抚摸着我的头。她温和地对我说：

"我当然爱你……干吗什么事情都要说出来呢？"

"要说，"我回答她，"但是，你是如何爱我的？有许多爱的方式。可以爱一条狗，爱一个小孩。我想说的是爱情，真正的爱情，你明白吗？"

我产生了一种罕有的直觉：我很快擦着了另一根火柴。正如我感觉的那样，她在笑。就是说，她不笑了，但她已经在十分之一秒前笑过了。有的时候，我头脑里会突然产生这样的念头：有人在窥视我。虽然没有人，但却感到围绕着我的孤独刚刚才离开，有某种东西在一瞬间消失了，好像在空间里依然存在着某种轻微的颤动。现在就是类似这样的情况。

"你刚刚笑了。"我怒气冲冲地说。

"笑？"她惊奇地问。

"是的，笑。我可不是那么容易受骗的，我非常注意细节。"

"你注意到了什么细节？"她问。

"你脸上还有痕迹，笑的余痕。"

"我能笑什么呢?"她淡漠地问。

"我的幼稚。笑我问你是否真爱我还是像爱小孩那样的问题,我说不清楚……但你笑了。对这一点我毫不怀疑。"

玛丽亚一下子站了起来。

"怎么回事?"我惊讶地问。

"我得走了。"她冷冷地说。

我像弹簧似的跳了起来:

"怎么?你要走?"

"是的,我要走。"

"怎么?你要走?为什么?"

她不回答,我几乎是在用两只手臂摇晃她了。

"你为什么要走?"

"我怕你也不理解我。"

这句话把我惹火了。

"怎么?我问你的话是关系到我生死的大问题,你不回答,反而发笑,还生气。这当然使人不能理解了。"

"我的笑是你想象出来的。"她还是冷冷地说。

"我敢肯定不是。"

"那你错了。你这样武断使我非常痛心。"

我不知道在想什么。实际上,我并没有见到笑容,只是在一张严肃的面孔上看到一点痕迹。

"我不知道，玛丽亚，请你原谅。"我气馁地说，"但我肯定你笑了。"

我沉默了，神情沮丧，闷闷不乐。一会儿，我感到她的手温柔地抓住了我的胳膊，接着马上听到了她的声音，现在是微弱而痛苦的声音。

"你怎么会这样想呢?"

"我不知道! 我不知道!"我几乎是哭着说。

她让我重新坐下来，像开始那样抚摸着我的头。

"我提醒过你。我会害你的。"沉默几分钟后她又说，"现在你知道我的意思了吧!"

"这是我的错。"

"不，这也许是我的错。"她沉思着说，好像在自言自语。

"多奇怪呀!"我心里想。

"什么奇怪?"玛丽亚问。

我吓了一跳，我甚至想到（许多天以后）她能看透人的心思。直到今天，我还不能肯定我是否在无意中高声地说出了那几个字。

"什么奇怪?"她又问了一句。因为吓了一跳，我还没有回答她的问题。

"你的年龄多奇怪啊。"

"我的年龄？"

"是的，你的年龄。你多大了？"

她笑了。

"你看我有多大了？"

"这正是奇怪的地方，"我答道，"我第一次见到你的时候，看上去你是一位二十六岁的姑娘。"

"现在呢？"

"不，不，一开始我就有点困惑，因为有点非体态方面的东西使我想到……"

"使你想到什么？"

"使我想到你的年龄要更大些。有时候我觉得在你身边我好像是个小孩子。"

"你多大年纪了？"

"三十八岁。"

"你实在还是很年轻的。"

我犹豫了，并不是由于我认为自己的年龄太大了，而是因为不管怎样我应该比她大得多；因为无论如何，她都不会超过二十六岁。

"很年轻。"她重复说，可能猜着了我的惊讶。

"那么，你多大呢？"我坚持问她。

"这又有什么关系？"她严肃地回答。

"那你为什么问我的年龄？"我几乎生气了。

"这次谈话太没有意义了，"她说，"所有这一切全是蠢话。你关心这类事情真叫我惊奇。"

我关心这类事情？我们在谈相似的话题吗？实际上这一切是怎么发生的呢？我困惑得把问出的第一个问题忘记了。不，更确切地说，没有调查清楚提第一个问题的原因。只是几个小时后，回到家里时，我才发现这次看起来十分平淡的谈话的深刻含义。

17

在一个多月的时间内，我们几乎天天都见面。这段时间内发生的事既有美好的又有可怕的，我不想详细回忆。有许多伤心事，我都希望在回忆中将它们修复。

玛丽亚开始到我的画室来了。上面"擦火柴"的场面稍有变化地重演了两三次。以最好的情况假设，她的爱只是母亲之爱或者是姐姐之爱，这个想法竟使我像中了邪一样。所以，我认为肉体的结合是真正爱情的保证。

我现在就说清楚，这个想法是我许多幼稚想法中的一个，是个肯定使玛丽亚在我背后发笑的想法。肉体的爱情远不能使我平静下来，它反而使我更加心神不定，带来了新的折磨人的疑问，不能理解她的痛苦场面和残酷的体验。我们在画室里度过的分分秒秒是我永远也忘不了的。在这段时间里，面对着玛丽亚身上的矛盾和无法解释的态度，我的感情在最纯洁的爱情和最疯狂的仇恨之中摇摆。突然,"是不是一切都是伪装出来的"这一疑问侵袭了我。有的时候,她好像一个羞怯的少女。突然,我又觉得她与其他女人无异。于是一长串疑问涌进了我的脑海:哪里?怎样?谁?什么时候?

在这种情况下,有一个想法是无可回避的:玛丽亚代表了戏剧中最精明和最残忍的演员,而我好像是她手中的一个天真烂漫的小孩子,她用最简易的故事来哄他吃饭和睡觉。有的时候,一阵疯狂的难堪涌上心头,我赶紧穿上衣服,冲到大街上去清醒一下,反复推敲我的疑团和担心。相反,有的时候,我的反应是积极和狂热的:我向她扑去,用钳子般的双手抓住她的胳膊,把它们拧来拧去,眼睛紧盯着她的眼睛,企图强制她拿出爱情,真正爱情的保证来。

但是,上面恰恰没有任何一句是我想说的话。我应该坦率地说,连我自己也不知道什么是所谓"真正的爱情"。奇怪的是,虽然我多次使用这种说法,但直到今天我还没有深刻地分析过它的含义。它是什么意思?是包括肉体激情的爱情吗?我在绝望地要同玛丽亚更牢固地沟通心灵时,可能追求过它。我相信,在某些场合,我们达到了心灵的沟通,但它却很纤细、短暂、脆弱,以致事过境迁,在我们想重建梦中的爱情时,都感到了模模糊糊的不满足,这就使我更加绝望地感到前所未有的孤单。我知道，我们突然在短时间内站到了一起。待在一起减轻了经常伴随着这些感觉的忧伤，这些忧伤肯定是由于这些昙花一现之美的相互隔绝。我们只消互相对望一下，就会知道我们所想的，说得确切一些，我们的感受，是相同的。

当然，为这点瞬间，我们付出了高昂的代价，因为接下去发生的事就相当粗鲁和愚蠢了。我们干的任何一件事情（讲话、喝咖啡）都是痛苦的，这就可以知道心灵相通的时间是多么短暂了。更糟糕的是，它产生了新的疏远，因为我绝望地想通过某种方式来加强这种相通，就强制与她进行肉体上的结合；结果，我们只不过证实这种相通已不可能延续下去，也不可能通过肉体行为来巩固它了。但是她把事情搞得更糟。可能因为她想让我放弃这个固执的念头，就假装自己感受到了一种真正的、几乎不可思议的快感；于是，就出现了这样的场面，我赶紧穿上衣服，逃到大街上去，或者粗暴地拧她的胳膊，并想强制她供出她真实的感觉和感受来。一切都是如此残忍，以至于当她说出我们走向肉体结合时的情感时，我就设法回避。最后，我终于成了彻底的怀疑主义者，我努力想使自己明白，这样做对我们的爱情不仅没有一点好处，而且是非常有害的。

这种态度只能增加我对她爱我的心的怀疑，因为我问我自己，或许她不是在演戏呢，那么，她就能向我证明肉体结合是有害的，这样，以后就要避免这么做；而事实是，她从一开始就厌恶肉体结合，那么，她的快感就是假装的了。自然还有其他的争吵，而她想说服我也是枉然，只能使我为更敏感的新疑问发狂，从而开始了更为复杂的询问。

面对这个假设性的欺骗，最使我生气的是，我竟像个小孩子一样毫无戒备地投入她的怀抱。

"如果有一天我发现你欺骗了我，"我恶狠狠地对她说，"我会像杀一条狗一样把你杀掉。"

我拧她的胳膊，紧盯住她的眼睛，以便发现一点迹象，一丝可疑的光线，某种快速消失的讥讽。但是，在这种情况下，她却吓得像个小孩子一样，或者伤心而顺从地看着我，同时，无声无息地开始穿衣服。

有一天，争吵比平时都激烈，我甚至大声骂了她"婊子"。玛丽亚哑巴似的待在那里，一动也不动。接着她一声不响地慢慢走到模特儿用的屏风后面去穿衣服。当我在悔恨交加之余跑过去请求她原谅时，我看见她泪流满面。我不知所措，我温柔地吻她的双眼，低三下四地求她原谅，哭泣着骂自己是个自私、记仇的残酷恶魔。这时，她仍然露出忧伤的神情。但是一等她冷静下来并开始幸福地笑起来时，我对她这么快就恢复常态感到有点反常了：她可以平静下来，但是在我骂了她这样一句话后，她能很快地恢复高兴的神情真是太可疑了。我慢慢想到，任何一个女人挨了这种骂以后应该感到耻辱，就是妓女也会这样的，但是决不会有任何一个女人会如此快地恢复高兴的神态，除非骂她的那句话里某种程度上具有真实性。

类似的场面几乎每天都在重演。有的时候以相对的安静结束，两个人走出画室，像恋爱着的两个少年在法兰西广场上溜达。但是，这种温柔的时光越来越短，越来越少，就像是一轮在乌云逐渐布满，暴风雨行将来临的天空上的太阳。我的疑惑和询问把一切都笼括进来了，好像一枝长藤慢慢地把公园里所有的树全都攀满、令其窒息，组成了一个巨大的陷阱。

18

　　围绕着她的沉默、目光、没有意义的话语、不定时的庄园之行、她的情人等衍生出的询问日益增多且越发磨人。有一次当我问她，为什么别人称她为"伊丽巴内小姐"而不称"阿连德夫人"时，她笑着说：

　　"你真是小孩子气！这又有什么关系吗？"

　　"对我来说很有关系。"我审视着她的眼睛说。

　　"这是家里的习惯。"她收起笑容说。

　　"但是，"我举例说，"我第一次给你家里打电话，并问起'伊丽巴内小姐'时，接电话的女仆是犹豫一下后才回答的。"

　　"那是你自己的看法。"

　　"可能，但是她为什么不纠正我呢？"

　　她又笑了，这一回笑得更厉害。

　　"我刚给你解释过，"她说，"这是我们的习惯，仆人当然也知道。大家都叫我玛丽亚·伊丽巴内。"

"我认为这样称呼很自然，但是，当我称你'小姐'时，仆人稍加犹豫我就认为不自然了。"

"噢……我没有注意你是对这一点感到惊奇。这个嘛，不是习惯的称呼，可能这就是使仆人犹豫的原因了。"

她陷入了沉思，好像第一次发现这个问题。

"但是，她没有纠正我。"我固执地说。

"谁?"她问道，好像才清醒过来。

"女仆。她没有纠正我称你为'小姐'的错误。"

"但是，胡安·巴勃罗，这可一点儿意义也没有，我不知道你想说明什么。"

"我想说明，很可能这不是第一次人家称你为小姐。如果是第一次的话，仆人就该纠正我了。"

她放声笑起来。

"你真是令人难以置信。"她几乎是高兴地说，一面温柔地抚摸着我。

我仍然保持严肃的神态。

"此外，"我接着说，"当你第一次接我的电话时，在关上门以前，你的声调是含糊的，几乎是公事公办的口吻。后来，你才用带感情的声调说话。为什么会前后不一致呢?"

"不过，胡安·巴勃罗，"她也严肃起来，"我怎么能在女仆面前这样说话呢?"

"好，这有理；但是，你说'我一关上门，别人就知道不该来打扰我了'，这句话不可能指我，因为我是第一次给你打电话，也不可能指温特尔，因为只要你愿意，就可以到庄园去见他，随便多少次。我认为，很明显应该还有另外一些人在找你或者曾经这样找你。不是这样吗?"

玛丽亚伤感地看着我。

"你倒是应该回答我，而不是这样看着我。"我怒气冲冲地说。

"但是，胡安·巴勃罗，你说的这一切都是些微不足道的小事情，当然还有其他人打电话：表兄弟，表姐妹，家里的朋友，我的母亲……"

"但我认为这种电话是用不着躲起来打的。"

"那么，是谁给你的权利，让你说我'躲起来'！"她激动地回答。

"你不要激动。你自己有一次曾经对我谈起过一个叫理查德的人，他既不是你的表兄，也不是家里的朋友，也不是你母亲。"

玛丽亚非常泄气。

"可怜的理查德。"她柔声细气地说。

"为什么可怜?"

"你早就知道他是自杀的,在一定程度上我也有过错。他给我写了许多可怕的信,但是我从未能够为他做点什么。可怜的人,可怜的理查德。"

"我倒是愿意看看他的那些信。"

"既然他已经死了,还有什么必要呢?"

"死活都一样,我都愿意看。"

"我全烧了。"

"你完全可以一开始就说你全烧了。然而你却对我说'既然他已经死了,还有什么必要呢?',你总是这样。另外,如果你真的全烧了,那你又为什么要这样做呢? 上一次你对我说你保存着所有的情书。这位理查德的信是很容易败坏你的名声的,所以你把它们全都烧了,对不对?"

"不是因为它们会败坏我的名声我才烧掉的,而是因为它们太伤感了,它们使我感到压抑。"

"为什么使你感到压抑?"

"不知道……理查德是个压抑的人,很像你。"

"你爱上他了?"

"请你……"

"请我什么？"

"不，胡安·巴勃罗，你的各种想法……"

"我看我的想法并非不合情理。他爱上了你，给你写了许多可怕到你认为最好烧掉了事的信，他自杀了，你却认为我的想法不合情理，这又是为什么呢？"

"因为我无论如何也没有爱上他。"

"为什么没有？"

"我真的不知道。可能因为他不是我希望的那个人。"

"你刚才说他像我。"

"上帝呀！我刚才是说他的某些地方像你，没有说他同你一模一样。他是个无所作为的人，一个破坏者，聪明得要命，还是个虚无主义者，和你的不足之处一样。"

"好吧！但是我仍然弄不懂烧信的必要性。"

"我再对你重复一遍，我烧信是因为它们使我感到压抑。"

"但是，你可以保存起来而不去阅读它们。这只能证明你一遍又一遍地阅读它们直至必须烧毁，如果你一遍又一遍地阅读它们，总是事出有因吧！总是有他的什么东西在吸引着你。"

"我没有说他不吸引我。"

"你说他不是你所希望的人。"

"我的上帝，我的上帝呀！死亡也不是我所希望的，但是，它经常吸引着我。理查德对我的吸引就好像是死亡和虚无对我的吸引。但是我认为，人不应该消极地沉溺到这种感情中去。也许因为这个我才不喜欢他，因此，我烧了信。他死后，我决心销毁一切继续延长他的存在的东西。"

她闭口不语了，我打听不到一句有关理查德的话。但是，我应该补上一句，理查德还不是最折磨我的人，因为关于他，我终究还知道得不少。她从未提起过的，但我却感觉到的那些在她生活中悄悄地活动着的陌生人和影子才是最折磨我的。玛丽亚最差劲的地方正是让我不断想象她同这些无名的陌生人和影子在一起干的事情。在我们享受肉体快感时，从她嘴里吐露出来的一个字直到今天还在折磨我。

所有这些复杂的询问中，有一次，迸发出了照亮玛丽亚和她爱情的光束来。

19

　　既然她同阿连德结了婚，那我就很自然、顺着逻辑推理，她曾经对他有过某种感情。我应该说一下，我们可以把它命名为"阿连德问题"，这是最使我入迷的问题之一。还有几个我想澄清的谜，特别是其中的两个：她曾经在某个时期内爱过他吗？现在还爱他吗？这两个疑问是有联系的：如果她不爱阿连德，那么她爱谁呢？爱我？爱温特尔？爱那些打来电话的神秘人物中的一个？或者，她也很可能像某些男人一样，以不同的方式爱着不同的人？但是，也可能她一个人也不爱，而分别对我们这些可怜虫、毛头小伙子中的每一个人都说我们是她的唯一，而其他人只是阴影，她同他们只是表面关系。

　　有一天，我决心弄清"阿连德问题"。我一上来就问她，为什么同他结婚。

　　"我爱过他。"她回答我。

"这就是说你现在不爱他了。"

"我没有说我已经不爱他了。"

"你刚才说'我爱过他',而没有说'我爱他'。"

"你老是搞文字游戏,对任何事情都无法相信,"玛丽亚驳斥道,"当我说我同他结婚是因为我爱他时,并不意味着我现在就不爱他了。"

"啊!那就是说你爱他。"我迅速接话,好像要在这里发现她前面的回答中的错误。

她不说话了,好像气馁了。

"你为什么不回答?"我问。

"因为我认为这是没有意义的。这种话我们几乎原封不动地说过多次了。"

"不,这一次不同于前几次。我问你现在是否爱阿连德,你说是的。我好像记得有一次在港口时,你对我说过,我是你爱上的第一个人。"

玛丽亚又不说话了。我真气她,她不仅说话矛盾,而且要她说句话真是难极了。

"你如何解释这一点?"我又问。

"爱的方式是多种多样的,"她厌倦地说,"你可以想象到,我不可能像几年前结婚时那样爱阿连德。"

"什么样?"

"什么'什么样'？你知道我想说的话。"

"我什么也不知道。"

"我对你说过好多次了。"

"你是说过的，但是从来没有解释过。"

"解释！"她痛苦地喊了起来，"你自己已经说过成千上万次了，有许多事情是不能解释的，而你现在却要我解释如此复杂的问题。我也对你说过成千上万次了，阿连德是我的好同伴，我像爱兄长似的爱他，我照顾他，我对他很亲切，我十分钦佩他精神上的宁静，我认为他在各方面都强于我，在他旁边，我觉得自己是个微不足道的、有过失的人，你怎么能想象我不爱他呢？"

"不是我说你不爱他的。是你自己说现在同结婚时不一样了。也许我可以这样说，结婚时，你爱他的程度就像你说的现在爱我的程度一样。另一方面，几天前，在港口你对我说，我是你真正爱上的第一个人。"

她伤心地看着我。

"好吧！我们把这个矛盾先放一下，"我继续说，"但是，我们还是来谈阿连德，你说你像爱兄长似的爱他。现在只要你回答我一个问题：你同他睡觉吗？"

玛丽亚更加伤心地看着我。她沉默了一会儿后，用非常痛苦的声音问我：

"这种问题也需要回答吗？"

"是的，完全需要。"我冷冷地对她说。

"你这样问我，我觉得太可怕了。"

"很简单，你只要回答睡或不睡。"

"答案可不是这样简单，我可以回答也可以不回答。"

"好极了，"我还是冷冷地说，"这就是说：答案是睡。"

"对极了：睡。"

"那么，你是愿意的。"

说这句话的时候，我非常注意地盯着她的双眼；我是另有所谋的，对这句话的回答有助于弄清一系列问题。倒不是我认为她真的愿意（虽然根据玛丽亚的脾气，这也是可能的），我是想迫使她解释清楚"兄长的爱"是种什么含义。正如我所料的那样，玛丽亚迟迟没有答复，她肯定在斟酌词句。最后她说：

"我说我同他睡觉，没有说我愿意。"

"呀！"我胜利地喊了起来，"这就是说，你这样做不是出于本意，但是你却使人认为你是自愿的！"

玛丽亚的脸色变了，无声的泪水掉落在她的脸上，她的目光像是被压碎了的玻璃球。

"我没有这样说。"她慢慢地说。

"因为,"我毫不妥协地说,"如果你表现出没有快感,不愿意,如果你表现出肉体的结合是你为情谊、为你对他高尚精神的钦佩而做出的牺牲,那么,很明显,阿连德就永远也不会再同你睡了。换句话说,他继续同你睡觉,就证明你不仅能用你的感情,还能用你的感觉欺骗他。你能天衣无缝地伪装出肉体享受的假象。"

玛丽亚的眼睛望着地面,无声地抽泣着。

"你真是残忍得令人难以置信!"最终,她才开口说。

"我们不谈这些表面现象,我感兴趣的是实质。实质是,多年来你不仅能用感情而且还用感觉来欺骗你的丈夫。我这个学徒也可以从中得出结论:你是不是在同样欺骗我呢?现在你该明白了,我为什么多次探究你的真实感觉。我一直记得,苔丝德蒙娜的父亲曾告诫过奥赛罗,一个欺骗过父亲的女人也会欺骗另一个男人的。任何事情都不能使我从头脑中摈弃这个念头:多年来你一直在欺骗你的丈夫。"

有一会儿,我感到有把残忍推向极致的念头,虽然已经发现了它的庸俗和愚蠢,但我还是说了:

"你在欺骗一个瞎子。"

20

在说这句话之前，我就有点后悔了：在那个想用说这句话来获得邪恶满足感的人的身后，还有一个更纯洁、更温柔的人想等这句话的残忍性产生效果时就采取主动，在一定程度上，在这句愚蠢无用的话说出来之前，这个人就已经站到了玛丽亚的一边。（实际上说这种话我能捞到什么好处呢？）所以，这句话一出口，身后的这个人反而麻木了，好像他无论如何也不敢真正相信另有一个人会说出这句话。随着话音落地，这个人就开始指挥我的意识和意志了，他的决定几乎及时地阻止我将这句话完整地说出口。话音一落（因为，不管怎样，我把话说完了），他就完全控制了我，并命令我低三下四地向玛丽亚请求原谅，承认我的愚蠢和残忍。有多少次，我内心意识的这种该死的分身都成了残忍行为的元凶！在一个分身要我采取漂亮行动的同时，另一个分身却要我拆穿骗局、虚伪和假正经；在一个分身要我去侮辱一个人的时候，另一个分身却同情他，还谴责我对别人的揭露；在一个分身让我看到美好世界的同时，另一个分身却告诉我幸福感情的丑恶与滑稽可笑。总之，修补玛丽亚心灵上已经被揭开的伤口，无论如何是晚了（这时好像深藏在一个肮脏地洞里的另一个我，以不通情理的、心满意足的险恶用心向我肯定了这一点），已经是无可挽回了。玛丽亚默默地，显得十分疲乏地站了起来，她用目光（我多么熟悉这样的目光啊！）升起了那座有时沟通我们两人心灵的吊桥：这是从一双深不可测的眼睛里透发出来的冷漠的目光。突然，这座吊桥已经拉了起来，它将永远拉了起来的想法袭上了我的心头，骤然的绝望使我毫不犹豫地不惜做出最卑躬屈膝的事来，例如吻她的双脚。她只是怜悯地看了我一眼，目光柔和了一下。但这是怜悯，只是怜悯而已。

当她走出画室并又一次说她不恨我时，我的毅力丧失殆尽，像傻子似的呆望着一处，站在画室中央不知所措。突然我想起有一系列的事情正等着我去干。

我赶紧跑到街上，但是玛丽亚已不见了。我又乘出租汽车赶到她家，因为我知道，她不会直接回家去，所以我希望在她回家时遇上她。我徒劳地等了一个多小时。我从一家咖啡馆里给她打电话，回话说她不在，说她从四点起就没有回去过（正是她出门去我画室的时间）。我又等了几个小时。后来，我又打电话给她，回话说玛丽亚要到晚上才回家。

我绝望地到各处去寻找她，我们习惯见面和散步的地方：雷科莱塔，百年纪念大街，法兰西广场，诺埃沃港口。哪里都不见她。我明白了，很可能她故意不在这些会令她回忆起我们美好时光的地方逗留，到别处去了。我又一次赶到她家，但已经很晚了，可能她已经进门了。我又打了个电话。果然她已经回来了，但是，别人回话说，她已经上床了，不可能再来接电话了。尽管如此，我还是留下了自己的名字。

我们之间产生了裂缝。

21

我怀着绝对孤独的心情回到家里。

通常这种在世界上孤身一人的感觉都伴着一种高人一等的自豪感：我蔑视人们，我认为他们是肮脏的、丑陋的、低能的、贪婪的、粗鲁的，孤独并没有使我害怕，因为它几乎有点令人孤芳自赏。

但是，在那个时候，像其他一些时候一样，我感到孤独要归咎于我自己暴躁的性格和卑劣的行为。这种时候，我就感到世界是可憎的，但我也知道，自己也是世界的组成部分；这种时候，毁灭的狂劲就会侵袭我的全身，我任凭自杀的欲念亲抚我，我酗酒，找妓女宣泄。看到自己的下贱，证明自己并不比周围肮脏的恶魔更好一些，我心里就感到某种满足。

这天晚上，我在一家下等咖啡馆里酗酒。当我受够了同我在一起的女人和周围的水手们，跑到街上的时候，我已经烂醉如泥了。我沿着比亚蒙特大街一直走到码头。我坐下来哭了，下面的脏水不断引诱着我：干吗要受罪呢？自杀的念头，这个简单的毁灭方式引诱着我：一秒钟内，荒谬的天地万物就会像一个巨大的幻影般毁灭，好像那些坚固的摩天大楼、装甲舰、坦克、监狱不过是幻觉而已，不过是噩梦一场。

根据这个道理，生活就好像一场噩梦，但是，死亡却能使你解脱，这也好似一觉醒来……醒来干什么？这种投向绝对永恒的虚无缥缈时的举棋不定，使我在所有的自杀方案中踌躇不前。不管怎样，人是如此依恋存在的东西，以致最终宁愿忍受它的不足之处和它的丑恶所引起的痛苦，而不肯用出于本意的行为去毁灭这个幻觉。当我们到达自杀的边缘时，由于已经忘却了一切坏事、想到了坏事的不可克服性，任何一点哪怕再小的好的因素都会获得非凡的价值，结果就会坚定，我们就会像面临滚向深渊的危险时绝望地抓住任何一棵小草那样，紧紧地抓住这点好的因素——这样的事也是屡见不鲜的。

我下决心回家去时天已快亮了。虽然下了这个决心，我却记得，不知怎么回事（我记得很清楚），突然站到阿连德家的门前。但奇怪的是我记不得在这期间发生了什么。我坐在码头上看着脏水，头脑里想着："现在我该回去睡了。"接着我就已经在阿连德家门前，观察着第五层。为什么要这么做？想在这个时候见到她是荒谬的。我麻木地待了好大一会儿，直到产生了一个想法：到大街上去找一家咖啡馆，打一个电话。这样做的时候，我没有想过在这种时候打电话应该如何开启话题。铃响五分钟后有人来接了，我却呆在那儿有口难开。我惊恐万分地挂上电话筒，走出咖啡馆，漫无目的地走着。突然我发现自己又回到了咖啡馆。为了不引起别人的注意，我要了一杯杜松子酒，喝酒时，我就打算回家了。

过了好长一会儿，我才回到画室，没脱衣服就上了床，倒头便睡着了。

22

醒来的时候我正站在画室中央，想要大声喊叫。我做了个梦：我们几人应邀到一位先生家里做客。到了门口，从外面看它普普通通，我径直走了进去。一到里面，我突然感到不对劲，它同别家不一样。

主人对我说：

"我正在恭候您的大驾光临。"

我觉得自己落入了圈套，想要逃走。我使劲挣扎了一下，但为时已晚：我的身体已经不受自己控制了。我只好无可奈何地、眼睁睁地看着接下来发生的事，好像这事与我无关一样。主人开始把我变成一只鸟，一只像人一样大的鸟。他先从脚变起：我看到自己的脚慢慢地变得像鸡爪。接着，他由下而上地继续变我的身体，好像水池里的水上涨一样。我现在唯一的希望就寄托在朋友们身上了，他们难以解释地还没有到。当他们终于来到时，却发生了使我惧怕的事：他们没有发现我的变化。他们像平时一样对待我，这证明他们看我还和平时一样。想到改变我的那位魔法师对他们也施了魔法，使他们看到的我和平时一样，我就决定把整件事给端出来。虽然，为了不用激烈的行为激怒魔法师而使局面更糟（否则他会干出更坏的事来），我的目的也只是想冷静地说出这件事，可我一张口却成了大声的叫喊。于是，我看到了两件令人惊奇的事：我想说的那句话一出口就变成了尖厉的鸟叫声，可能是由于还带有点人的声调，成为一种绝望而又奇怪的尖叫；更加糟糕的是，我的朋友们没有听出来这尖叫，就像没有看见我的鸟身一样；相反，好像他们听到的还是我平时的声音，说着平时的话，因为他们一点也不惊奇。我惊愕得不出声了。这时候，主人用几乎难以觉察的讥讽的眼神望着我，只有我发现了这种眼神。于是，我明白任何人，永远，都不会知道我变成了鸟。我这一辈子完了，这个秘密要一直跟着我进坟墓了。

23

　　我说过了，当我醒来的时候，正站在画室中央，浑身直冒冷汗。

　　我看了看表：上午十点。我赶紧去打电话。回话说她已经去庄园了。我垂头丧气。在我决定给她写信以前，长时间无所事事地躺在床上。

　　我已经记不清那封信究竟写了些什么。信很长，大概是请求她原谅我。我骂自己是个下贱坯，不值得她爱，我命中注定，也合情合理地要死于绝对的孤独之中。

　　挨过了几天，没有回信。我又寄了第二封信、第三封信和第四封信，老调重弹，但是悲切之感愈甚。在最后一封信中，我决心把我和她分手以后那天晚上的事原原本本地告诉她。我不遗余力地详细描绘，连最卑微之处也不放过，也没有回避我想自杀的念头。以此为武器令我感到羞耻，但我还是这样做了。我还应该补上一句，当写到我最卑微的行为，晚上在博沙达斯大街她家门口感到孤独的绝望时，我的内心变得柔软，甚至伤感地痛哭起来。我满心希望，玛丽亚在看信的时候也能产生和我相似的感情。想到这儿我不禁高兴起来。当我把挂号信寄出时，坦率地说，我是相当乐观的。

我从邮局回来的时候，玛丽亚充满温情的回信到了。我感到，我与她初识时的某种爱意又复苏了。如果说不如原来那样简单而美好，但至少还具有某些基本的属性。就像虽然背信弃义的大臣们暂时背叛和诽谤国王，但是，国王总是国王。

她希望我也到庄园去。我如醉如痴地收拾了一只手提箱、一个画夹，向"宪法"车站奔去。

24

“阿连德”车站和其他乡村车站一样，旅客不多。目之所及是一个穿着衬衫但没穿外套的站长，一只扩音机和几罐牛奶。

有两件事情激怒了我：一是玛丽亚没有来接站，二是却来了一个司机。

我一下车，他就走上前来问我：

“您是卡斯特尔先生吗？”

“不！”我平静地说，“我不是卡斯特尔先生。”

我马上想到，在车站上等候返程的火车是件难事，可能要等上半天或大半天。我烦躁地决定承认自己的身份。

“是的，”我几乎立刻就接着说，“我是卡斯特尔先生。”

司机吃惊地看着我。

“接着。”我把手提箱和画夹递给了他。

我们走到车前。

"玛丽亚夫人有点不舒服。"他向我解释。

"不舒服!"我微带嘲讽地嘀咕。我多么熟悉这些托词呀!回布宜诺斯艾利斯的念头又上来了。但是,现在除了等火车回去外,还必须说服司机,我真的不是卡斯特尔,可能还必须说服他,虽然我是卡斯特尔,但我不是疯子。我急促地思考着可能出现的各种情况,终于得出了一个结论,这位司机无论如何是难以被说服的。我决心让他把我拉到庄园去。此外,如果这时回去又怎么样呢?这是很容易预见到的,因为,无非是以前多种局面的重复而已:由于我满肚子的火无法向玛丽亚发泄,它就愈演愈烈了,我苦于不能见到她,苦于不能工作,而这一切全是由于我对玛丽亚做了一次假设性的侮辱。我说是假设性的,是因为我永远也无法证实,我的这种报复会不会真的侮辱了她。

温特尔长得有点像阿连德(我好像已经说过他们俩是表兄弟),高个子,微黑,稍瘦,但是目光狡黠,令人难以捉摸。"这是个意志薄弱的伪君子。"我心想。这种想法又使我高兴起来。(至少在当时我是这样认为的。)

他用讥讽的礼仪迎接了我,并给我介绍了一个用长长的烟嘴抽烟的瘦女人。她带有巴黎口音,名叫咪咪·阿连德。

她近视，样子很邪恶。

但是，玛丽亚到哪里去了呢？那么，她是真的不舒服了？我心急如焚，差点把在场的这两个人给忘了。但是，一想到自己的处境，我就骤然向温特尔转过身来，试图控制他。这是对待这种人行之有效的办法。

温特尔正用讥讽的目光打量着我，一见我转身，他就企图立刻挪开自己的目光。

"玛丽亚有点不舒服，躺下了，"他说，"但是我想她马上会下来的。"

对自己的分神，我在心里骂了自己一声——同这种人在一起必须时刻提防着——此外，我决心要仔细了解一下他们的思维方式、他们的笑话、他们的反应、他们的感情，这一切在同玛丽亚接触时对我都是十分有用的。我决心只是听和看，并且要在尽可能好的情绪下做到这一点。我又想，温特尔和瘦女人虚伪客套的样子使我感到高兴。但是，我的情绪是阴郁的。

"这么说您是画家啰。"近视眼女人说，好像在刮风沙似的眯起了双眼，这肯定是由于她想看得清楚一些而又没有戴眼镜。（好像戴上眼镜会使她变得更丑似的。）这就加剧了她骄横和虚伪的神态。

"是的，夫人。"我没好气地回答，我相信她只是个未出嫁的小姐。

"卡斯特尔是一位杰出的画家。"温特尔介绍说。

接着他又补充了一大套赞扬我的废话，重弹一有展览会就写文章评论我的那些评论家的陈词滥调：说我"稳健"等等。我不能否认，老调重弹有点好笑。我看到咪咪半闭着眼睛盯着我。一想到她也要评论我，我就有点紧张了，我还不十分了解她。

"您喜欢哪些画家？"她像考我似的问道。

不，现在我记得，她是在我们下楼以后才问的。那时，她正坐在花园里的一张桌子边，桌上放着各种茶具。温特尔一向我介绍完这个女人，就把我带到里面去，带到为我准备的房间里去了。当我们上楼时（这座房子有两层），他对我说，这座房子虽然经过修缮，但同他祖父在曾祖父庄园外围建造的房子几乎一样。"这跟我有什么关系？"我心里想。虽然我不知道他的目的，但是很明显，他想表现得朴实和坦率。在他讲解一只日晷或类似日晷的东西时，我心里却想着，玛丽亚可能在楼上某个房间里。可能是察觉到我脸上爱刨根究底的神态，温特尔对我说：

"这里有好几间卧室，虽然房子建造得有点可笑，倒也相当舒适。"

我想起温特尔是个建筑师。应该搞清楚什么样的建筑他才认为不可笑。

"这是祖父的老卧室，现在我住在里面。"他指着正中那间对着楼梯的房间说。

接着，他又打开了另一间卧室的门。

"这是您的房间。"他说。

他说他在楼下等我喝茶，就把我一个人留在房间里。一俟只剩下我一个人的时候，我的心就激烈地跳动起来，因为我想到玛丽亚可能就住在这儿的某一个房间里，可能就在隔壁。我站在房间中央不知干什么好。我产生了一个想法：我走近墙壁（靠另一个房间，不是靠温特尔的那一间），用拳头轻轻敲了一敲，等待着，但是没有回答。我走到走廊上看看有没有人，又走近另一间卧室的门前，心里一阵激动，一面举起拳头想敲门。但我没有勇气，又赶紧跨回自己的房间里。接着，我决心到楼下的花园里去。我有点晕头转向了。

25

一到桌子旁，瘦女人就问我喜欢哪些画家。我笨拙地举出几个名字：凡·高，埃尔·格列柯。她讥讽地看了我一眼，好像自言自语道：

"Tiens."[1]

接着又说：

"太伟大的人物我不喜欢。要我说，"她转向温特尔接着说，"像米开朗琪罗和埃尔·格列柯这些人我都不喜欢。伟大和戏剧性太有攻击性了！你不认为这几乎是种糟糕的教育吗？我认为艺术家应该承担起一种义务，那就是永远不引人注目。我对过分的戏剧性和标新立异感到气愤。请你注意，在某种意义上，标新立异就是在衬托别人的平庸，我认为这

---

1 法语，意为"哼"。

种做法是十分可疑的。我想，假如我也画画或写小说的话，就要画和写那些任何时候都不会引人注目的东西。"

"我不怀疑你说的话。"温特尔居心不良地说。

他接着又说：

"举例说，我肯定你不会乐意写《卡拉马佐夫兄弟》这本书的。"

"Quelle horreur!"[1]咪咪把小眼睛朝向天空，高声喊起来，接着又补充说："所有人都像是思想的Nouveaux-riches[2]，包括这个moine[3]在内。他叫什么名字？ Zozime[4]."

"你为什么不说Zózimo呢？咪咪，除非你一定要用俄语说了。"

"你又开始说蠢话了。你完全知道俄语名字是可以用多种方式来说的。就像一个farce[5]里的人物说的那样：'Tolstói和Tolstuá[6]这两种方式都可以而且都应该这么说。'"

"可能是的，"温特尔说，"我刚读过的一部西班牙语译文中（据出版社说，它是直接从俄文译过来的），在Tolstoi的i

---

1 法语，意为"噢，天哪！"。
2 法语，意为"新富"。
3 法语，意为"长老"。
4 佐西马，上述小说中的人物。因带法语腔调，所以两人说的音调不一样。
5 法语，意为"闹剧，滑稽剧"。
6 托尔斯泰的不同西语译音。

上带有分音符号。"

"啊，我就喜欢这些事，"咪咪高兴了，"有一次我读了切霍夫[1]作品的一个法译本，这里你会读到一个词，例如ichvochnik（或者类似的情况），它将引起你的注意，你再在页下找到注解，例如，这里是porteur[2]。你想想，在这种情况下你就会疑惑，为什么例如malgré[3]或avant[4]也不用个俄语词呢？你不这样认为吗？我对你说，译者的做法使我非常着迷，特别是俄语小说。您喜欢俄语小说吗？"

这最后一个问题是她突然向我提的，但是没有等我回答，她就朝着温特尔继续说道：

"请你注意，我从来没有看完过一本俄语小说，太烦人了……书中出现了成百上千个人物，而结果只不过是四五个人罢了。但是，这很明显，当你刚辨别清楚一个名叫阿历山大的人物，结果他却叫萨沙，一会儿又改为萨什卡，一会儿又变成萨仁卡，突然又变成了庄严的阿历山大·阿历山德罗维奇·布尼内，后来只是阿历山大·阿历山德罗维奇。你刚辨别清楚，又糊涂了。简直没完没了，每一个人的名字多得

---

1 切霍夫，俄国作家契诃夫的法语发音。
2 法语，意为"运载的"。
3 法语，意为"尽管"。
4 法语，意为"以前"。

好像一大家子。你可别对我说这不烦人，你肯定和我想法一样。"

"我再对你说一遍，咪咪。把俄语名字用法语来说是毫无必要的。为什么不念成Tchekhov（契诃夫）而要念成Chéjov（切霍夫）呢？那样更接近原文吗？另外，'相同'这个词，也是法文的可怕影响。"

"请你，"咪咪请求了，"不要这么烦人了，小路易斯。什么时候你才学得会不炫耀你的知识呢？你是这样令人难以忍受，这么épuisant[1]……您不这样认为吗？"她突然刹住话音，把话头丢给了我。

"是的。"我回答，但几乎不知自己在说些什么。

温特尔讥讽地看着我。

我伤心透了。后来，却有人说我不耐心。直到今天，对自己能如此认真地听他们讲话，特别是能如此一字不差地记得这些话，我还是很佩服自己的。奇怪的是，我一面听着他们讲话，一面还想努力高兴起来，心里想："这些人轻浮，肤浅，他们只能使玛丽亚感到孤独，这种人是不可能成为对手的。"但是，我高兴不起来。我感到内心深处有个人在让我伤

---

1 法语，意为"烦死人了"。

107

心。当我找不到这个伤心的原因时，坏脾气就上来了，就有点神经质了，虽然我力图让自己平静下来，答应自己在一个人时再开始研究分析，但是，我办不到。我也想到，伤心的原因可能是由于玛丽亚的不在场，但是她的不在场使我生气，而不是伤心，不是这个原因。

现在，那两个人谈起侦探故事来了。突然，我听到那个女人问温特尔有没有看过最近出版的《第七个回轮》。

"干吗要看？"温特尔回答，"所有的侦探小说都是一样的。每年看一本差不多。但是，我认为每个星期读一本，就说明读者缺乏想象力。"

咪咪火了，我是说她假装火了。

"别说蠢话。"她说，"这是我现在唯一能看看的小说了，我告诉你我十分爱看。一切都是如此复杂，那些无所不知的侦探真是神通广大：明代的艺术、笔迹学、爱因斯坦的理论、baseball[1]、考古学、手相术、政治经济学、印度饲养兔子的统计。而且这一切又都是确切可靠的，真使人喜欢。不是这样吗？"她又转过身来问我。

她问得这样突然，弄得我不知答什么才好。

---

1 英文，意为"棒球"。

108

"是的，是这样。"我应付着说。

温特尔又用讥讽的目光看着我。

"我去对乔治说，你厌烦侦探小说。"咪咪严肃地盯着温特尔说。

"我没有说厌烦它们，我是说它们都是雷同的。"

"我是无论如何要去对他说的。好在不是所有的人都像你这样喜欢炫耀学问。比如，卡斯特尔先生就喜欢那些书，对吗？"

"我？"我十分惊愕地问。

"是的。"咪咪不等我回答，又把目光转向温特尔继续说道，"如果大家都像你这样Savant[1]，就无法生活了。我敢肯定，你对侦探小说有一整套理论。"

"是的。"温特尔笑笑，同意她的说法。

"我不是对您说过了吗？"咪咪严肃地说着，一面好像要把我作为证人似的又转向了我。"不是的，我对他可了解得很呢！好吧！你可以毫无顾忌地露一手了。你早该心里痒痒了。"

温特尔真的没有拿架子。

---

1 法语，意为"有学问的，博学的"。

"下面就是，"他说，"我的看法：二十世纪的侦探小说代替了塞万提斯时代的骑士小说。还有，我可以拿《堂吉诃德》做一个比较：它是针对侦探小说的讽刺作品。请你们想象一下，比如有一个人读了一辈子的侦探小说，结果他疯狂地认为世界就像尼古拉斯·布莱克和埃勒里·奎因的小说里写的那样，你们想象一下，他最后竟出门去寻找犯罪行为，并在现实生活中像个小说中的侦探那样行事。我认为这本身就足以写成一件有趣的、悲剧性的、象征性的、讽刺的和美丽的故事。"

"你干吗不写呢?"咪咪讥笑着问。

"两个原因：一、我不是塞万提斯；二、我太懒。"

"第一个原因就足够了。"咪咪说。

接着，真倒霉，她又转向我了：

"这个人，"她用长烟嘴从侧面指指温特尔，"反对侦探小说，是因为他一部也写不出来，哪怕是世界上最次的小说。"

"给我支烟。"温特尔对他的表妹说。接着他又说："你什么时候才能不那么言过其实呢? 首先，我并没有讲过我反对侦探小说，我只是说，可以写点我们时代的《堂吉诃德》。其次，你说我在这方面完全无能，你搞错了。有一次我产生了写侦探小说的灵感。"

"Sans blague.[1]"咪咪只说了两个词。

"是的，我告诉你是的。你听好。有一个人，家里有母亲、妻子和一个儿子。一天晚上，他母亲被神秘地杀死了。警察的调查一点结果也没有。过了一段时间，他妻子也被害了，情况相同。最后他儿子也被杀了。那个人就疯了，因为他爱他的家人，特别是他的儿子。绝望之余，他决心自己去侦查凶手。他运用了这类侦探小说中惯用的判断法、推理法、分析法、归纳法等等，得出了这样一个结论：凶手还要在某日某时某地进行第四次凶杀，也就是杀他本人。到了他推理出来的那一天、那个时刻，他来到要发生第四次凶杀的地点等候凶手的到来。但是凶手没有来。他又检查了自己的推理：可能地点推理错了，不，地点是正确的；可能时间推理错了，不，时间也对。结论是可怕的：凶手已经来了。换句话说，凶手就是他自己，其他三件凶杀案也是他自己在无意中干的。侦探和凶手是同一个人。"

"就我的兴趣来说，这真是太新颖了。"咪咪说，"那么故事是怎么结束的？你不是说还有第四次凶杀吗？"

"结论很明显，"温特尔懒洋洋地说，"那个人自杀了。现

---

1 法语，意为"别说大话了"。

在的疑问是，他是因为内疚自杀身死的呢，还是那个作为凶手的他像犯下一次普通的凶杀案一样杀死了作为侦探的他呢？你不喜欢这个故事吗？"

"我认为它很有趣，但是，这样讲述它是一回事，把它写出来又是另一回事。"

"正是如此。"温特尔平静地点头同意。

接着瘦女人开始讲述她在普拉塔海认识的一位手相术师和一位目光锐利的夫人。温特尔开了一个玩笑，咪咪生气了：

"你应该想到，这是件严肃的事情，"她说，"她的丈夫是一位工程系的教授。"

他们继续争论着传心术，我却因玛丽亚迟迟不露面而心急如焚。当我又加入他们的话题时，两个人正谈论着雇工法。

"问题是，"咪咪像拿着指挥棒一样拿着烟嘴发表见解，"人都不想多干活。"

谈话终了的时候，我突然感到有一支光束驱散了我心头的忧伤：我发现咪咪的话已经讲完，而玛丽亚不下来就是为了不受咪咪和她表兄饶舌的罪。（肯定，她是听够了。）我现在想起来，上面的这种想法不是无中生有。在来庄园的路上，司机说过的几句话是事出有因的。一开始，我对这几句话并不在意，好像是关于先生的一位表妹刚从普拉塔海来喝茶等等。事情很清楚，玛丽亚对这个女人的突然到来感到腻烦，就借口不舒服把自己关在卧室里，很明显，她无法忍受这种人。当我感到自己的忧伤被这种推理所驱散时，突然找到了忧伤的原因：当我一到庄园发现温特尔和咪咪是一对虚伪而轻浮的人的时候，我最肤浅的心灵就高兴起来，因为我看到了温特尔不可能是我的竞争对手；但我一想到（最好说感到）玛丽亚也是他们的一部分，也可能有程度不同的类似脾性时，最深处的心灵就感到了忧伤。

26

　　当我们从桌子边站起身来准备去花园里散步的时候，我看到玛丽亚向我们走来。这就证实了我的推测：为了避开茶桌上荒谬的谈话，她一直等待着这个时机。

　　每当玛丽亚夹在人群中间向我走来的时候，我总是想："在这个美妙的人和我之间存在着一种秘密的联系。"后来，当我分析自己的感情时，就发现她已经成为我生命中不可缺少的人了（就好像有人在一个荒岛上遇到另一个人一样）。而后，对绝对孤独的惧怕一俟消失，她就成了我引以为豪的一种享受的对象了。正是在我爱情的这个第二阶段，无数的难题开始了；就好像一个快要饿死的人会无条件地接受任何吃食一样，而当他最紧迫的要求得到满足后，对食物的缺点的抱怨就愈来愈多了。最近几年中，我见到像刚逃离集中营时那样低三下四的移民，他们接受任何赖以为生的东西，并兴高采烈地从事最低贱的工作；但奇怪的是，光是逃离折磨和死亡还不足以使一个人心满意足地生活下去，一旦开始获得新的保证，自负和自傲，这些原来似乎早已丧失殆尽的东西，就会像受惊逃跑的野兽一样，在某种程度上更加狂妄自大地东山再起，人们对过去的穷极潦倒反而感到羞愧起来。在这种情况下，忘恩负义和六亲不认都是不足为奇的。

现在，当我能够冷静地分析自己的感情时，我想，我和玛丽亚的关系同上面的情况有点类似，在某种程度上，我觉得正在为自己的不明智付出代价。也就是说，我对玛丽亚仅把我从孤独中（暂时地）拯救出来还不知足。这种出于骄傲的战栗，这种想独自占有的强烈欲望就已经提示我：在自负和傲气的驱使下，我走上了一条歧路。

在我看到玛丽亚走过来的时候，这种傲慢的感情几乎已经被错误和羞愧的心情驱散光了。这种心情是由于我记起了画室里的可怕场面，我愚蠢、残忍，甚至还庸俗地骂她"在欺骗一个瞎子"。我感到自己的双腿在发软，脸颊苍白，冷汗直冒。竟然要在这种人面前与她重逢！我苦于不能卑贱地扑到她的脚下请求原谅，以平息我自己对自己的惧怕和轻蔑！

但是，看上去玛丽亚没有失去自制力，我马上感到那个下午的莫名其妙的忧伤重新开始占据我的全身。

她极有分寸地向我问好，好像要在她的两位表亲面前表明她和我之间只有单纯的友情。我窘态十足地想起了几天前对她发的一次脾气。在那些绝望至极的日子里，有一次我对她说，我想找一个下午到小山顶上去看看圣赫米格纳诺的塔楼，她欣然同意："好极了！胡安·巴勃罗！"但当我建议她当晚同我私奔时，她却害怕了，她的脸色变得冷漠，并悲哀地说："我们没有权利只想到我们自己，世界是很复杂的。"我问她这是什么意思，她却更加悲哀地说："福兮祸之所倚。"我连招呼都不打地扬长而去。我还从来没有像当时那样强烈地感到，我永远也不可能同她完全地结合，我只能满足于短暂而又脆弱的心灵相通，就好像某些梦境或享受某些音乐片段那样，悲哀地感到捉不住，摸不着。

　　现在，她来了，约束着她自己的每一个动作，斟酌着所说的每一句话，脸上的每一个表情。她甚至还能向那个瘦女人微笑呢！

　　她问我有没有带明暗画来。

　　"什么明暗画？"我生气地喊了一声，心里却明白这喊声是会坏事的，会拆穿一件精心谋划的事情，可在当时，我却顾不得了，即使这事对我们是有利的。

　　"您答应给我看的明暗画，"她很冷静地坚持说，"就是港口的明暗画。"

我狠狠地看着她，她也严厉地回敬着我，在十分之一秒的时间里，她的目光缓和了，好像在对我说："请体谅我这一切吧。"亲爱的，亲爱的玛丽亚！看到你的这种请求和卑下的态度，我是多么难受啊！我温柔地看着她说：

"我当然带来了。在房间里。"

"我非常想看看。"她又恢复了原先的冷漠。

"我们马上就能看到。"我猜度着她的想法道。

想到咪咪有可能和我们一起前往的时候我颤抖了起来。但是，玛丽亚比我更了解她，所以她马上补充了一句，从而阻止了其他人介入的企图。她说：

"我们马上就回来。"

话音一落，她就坚定地抓住我的手臂，把我带到房子里去了。我飞快地看了一眼留下来的两个人，好像发现在咪咪看温特尔一眼时流露出了一丝别有用心的闪光。

27

我原来打算在庄园里住几天，结果只住了一个晚上。到达后的第二天早上，太阳一出来，我就带着画夹和手提箱步行逃走了。这个做法可能被认为是发疯，但是，你们马上会明白它是非常合情合理的。

一离开温特尔和咪咪，我们就走进房子，上楼去拿不存在的明暗画。后来，玛丽亚出了个主意，在我们下楼的时候带着画夹和画盒冒充明暗画。

表兄妹二人都已经不在了。于是玛丽亚的兴致变得非常好，当我们穿过花园去海边的时候，她热情洋溢。她变得不同了，不同于那个我在城里的忧伤中认识的女人，更加活泼，更加富有活力。我还感到，在她身上出现了一种于我而言非常陌生的欲念，对颜色和气味的欲念；她奇怪地振奋起来（对我来说是奇怪的，因为我的欲念是内向的，几乎是纯粹的想象），一根树干，一片枯树叶，任何一只小虫子的颜色，或者桉树掺和着大海的气味都会使她振奋起来。而忧伤和绝望的我却根本高兴不起来，因为我觉得，这样的玛丽亚于我几乎完全是陌生的，相反，在某种程度上是属于温特尔或另外什么人的。

忧伤在慢慢地累积，也许是由于离海愈来愈近，感觉得到海浪咆哮声的原因吧。一出山口，海滩上空的那一块天空就展现在我的眼前，我立刻觉得这种忧伤是不可避免的了。这是出现在美或至少是某种美的面前的俗套的忧伤。大家都是这样的吗，还是这只是我那倒霉的性格中的又一个缺点呢？

我们在岩石上坐了下来。有好长一段时间我们都默不作声，听着下面海浪的拍岸声，有时领受到海浪卷上悬崖时的泡沫飞溅出来的水珠。云层低压的天空使我想起了丁托列托[1]的画作《拯救撒拉逊人》中的天空。

"有多少次，"玛丽亚说，"我梦见同你一起在这块天空下的海边。"

过了一会儿，她又说：

---

1 丁托列托（1518—1594），意大利画家。

"有时候，我认为这个场面一直是我们两个人在一起经历的。看到你画中窗户里的女人时，我就感到你同我一样，也在盲目地寻找一个人，一个无声的对话者。从那天起，我就一直在思念着你。在这块度过了我一生中许多时刻的地方，我多次梦想着见到你。有一天我甚至想去找你说说心里话。但是，我怕我搞错了，就像我以前搞错过一样，我期待着你会来找我。但我在努力'帮助'你，每晚都在呼唤着你，我甚至坚信能见到你，以至于那天真的在那可笑的电梯边相遇时，我竟然吓呆了，只能说出一句蠢话。当你以为搞错了，痛苦地逃走时，我却像疯子一样在后面追赶你。接着就是在圣马丁广场的那些时光了，你认为有必要向我做出解释，我却设法岔开你的思路，在担心永远失去你或害怕会伤害你的两种焦急不安的思绪间犹豫不决，我要努力使你扫兴，装着让你感到我不懂你断断续续的话语，你那些明显的意图。"

我一声不吭。在听着她的声音，她那美妙的声音的同时，我头脑中翻滚着美好的感情和阴暗的念头。我好像中了邪一样。太阳下山了，一大片天边的彩云燃烧起来。我觉得这种神奇的时刻再也不会有了。"再不会了。再不会了。"我心里想。我开始感到了由于悬崖引起的眩晕，开始想到把我连同她一起拖向深渊是多么容易。

耳畔响起了她断断续续的话音："我的上帝……我们在一起的这个永恒世界中有很多事……可怕的事……我们不仅是这风景的一部分，还是有血有肉的小人，丑恶的毫无意义的小人。"

大海慢慢地变成了一个黑色的恶魔。突然，一切都变黑了，海浪的咆哮带上了冷漠的诱惑力。想想该有多么容易！她说我们都是丑恶的毫无意义的小人；虽然我知道自己是个惯于干不光彩事情的角色，我却感到安慰，因为可能她也是这样的人，肯定是这样的人。怎么回事？我心里想，和谁？什么时候？一个秘而不宣的念头在我心里慢慢升起：真想立刻扑到她身上，用指甲把她撕碎，卡住她的脖子勒死她，将她抛入大海。突然耳畔又传来了一些断断续续的句子：她说到了一个表兄，名叫胡安什么的，讲到她在农村里的童年；我认为听到了一些同这位表兄有关的"可怕和残忍"的事。我觉得玛丽亚正在对我诉说着肺腑之言，而我却像个傻子，轻易地把它放过了。

"什么可怕和残忍的事？"我喊叫起来。

但是，很奇怪，她好像没有听到我的话。她也是昏昏沉沉的，好像在自言自语似的。

过了好一阵子，大约有半个小时左右。

接着，我感觉到她抚摸着我的脸，像之前许多次一样。我则像小时候在母亲身边一样，把头靠在她怀里。我们这样静静地待了一会儿，时间停滞了，像极了童年和死亡。

遗憾的是在这种宁静的后面隐藏着难解的猜疑！我多么希望自己搞错了！多么希望玛丽亚永远像现在这样呀！但，这是不可能的。她的双手抚摸着我的头发，我听到了她的心在我耳边的跳动声，与此同时，阴暗的思绪在我头脑中某个黑暗角落蠕动着，它们好像待在一个泥泞的地下室里，等待着从淤泥中水花四溅，吱嘎暗响地悄然而出。

28

发生了许多稀奇的事情。我们到家时，发现温特尔情绪烦躁（尽管像他这类人认为感情外露是没品位的表现）。他竭力想掩饰，但是，很明显事情已经发生了。咪咪已经走了。虽然我们明显回来晚了，但餐厅已准备就绪。因为我们一到，就看见仆人快速而有条不紊地端菜递盘子。在饭桌上，几乎没有人讲话。我非常注意温特尔的言谈举止，因为我认为它们会透露正在我身边发生的许多事，和其他一些正在形成的想法。我也非常注意玛丽亚无法揣测的表情。为了改变这种紧张气氛，玛丽亚说她正在阅读一本萨特雷的小说。温特尔带着明显的不悦说：

"现代小说，哼！写了！出版了！就完了……可是要读起来呢！"

大家又缄口不语了。温特尔根本不想为缓和他这句话引起的反响做什么努力。我认为他同玛丽亚有点过不去。但是，由于我们刚才去到海边的时候没有发生什么特别的情况，我猜想他同玛丽亚的这点过不去是在我们长谈时产生的，很难不把它归咎于这次谈话，或者说得更确切一些，归咎于我们那么长时间地待在那里。我的结论是，温特尔吃醋了，这就证明他与玛丽亚不是一般的友谊和亲戚关系。当然，并不一定要玛丽亚爱他；相反，更可能的倒是看到玛丽亚偏向其他人时，温特尔就生气了。不管怎样，如果温特尔的生气是由于吃醋，那么他必定会有恨我的表示，因为在我和他之间不存在其他的怨恨。果然如此。且不论其他的细节，仅凭温特尔借玛丽亚关于悬崖的一句话斜我一眼，我就心领神会了。

一吃完饭，我就借口劳累回房去了。我的目的是要就这个问题获取更多的素材以便进行判断。上楼梯，开房门，开灯，像有人用力关门似的撞上门，待在门口听着。我马上听到了温特尔激动的说话声，尽管听不清楚他说的什么。玛丽亚没有回答，温特尔说了一句比前面那一句更长更激动的话，玛丽亚非常低声地接着他的最后几个词说了另外几个词，接着是一阵椅子声；我马上听到有人上楼梯的声音，我赶紧关好门，但继续通过钥匙孔听着。一会儿听到我门前有脚步声，是女人的脚步声。我长时间睁着眼睛思考着发生过的事情并竭力想捕捉点什么声音。但是，整个晚上我一点儿声音也没有听到。

我睡不着，从来没有出现过的万千思绪折磨着我。我突然发现，我的第一个结论是一个天真的想法：我想过（正确的想法）使温特尔吃醋并不一定需要玛丽亚也爱他，这个结论曾经使我平静下来。现在我发现，虽然并不一定需要玛丽亚爱温特尔，但如果爱，也没有什么不合适的地方。

玛丽亚可能会爱温特尔，而他却吃醋了。

那好，有没有理由认为玛丽亚同她的表哥之间有点什么名堂呢？我认为是完全有理由的！第一，如果温特尔爱吃醋而惹她嫌，她又不爱他，那么，她为什么要经常来庄园呢？在这个庄园里，平时只有他一个人，他是单身（我不知道他是单身、鳏夫还是离过婚的，我认为玛丽亚曾对我说过他同他妻子分居了，但是，归根到底，最关键的是这位先生一个人住在庄园里）。第二，另一个使人怀疑的理由是，玛丽亚总是不贬不褒地谈到温特尔，就是说用一种谈论任何家庭人员时的不偏不倚的态度；但是她从来没有对我谈到甚至也没有暗示过温特尔爱她，这样，当然就谈不上什么吃醋了。第三，当天下午玛丽亚曾经对我提到过她的弱点。她想说什么呢？

我在给她的信中写到了一系列下贱的事情（酗酒、同妓女鬼混），现在，她对我讲她理解我，说她自己是一艘离岸的航船和黄昏时的花园。这除了说明她的生活中也有像我那样的阴暗和下贱的事外，还能说明什么呢？温特尔难道不可能成为她这类下贱激情的来源吗？

当晚，我从各种不同的角度反复考虑了这些结论并逐一分析了它们。我的最后结论，我认为绝对正确的结论是：玛丽亚是温特尔的情人。

天刚亮，我就带着手提箱和画夹下楼梯了。我遇到了一个正在开门窗打扫屋子的仆人，请他代我向主人问候并转告说我因有急事必须马上赶回布宜诺斯艾利斯去。仆人用惊奇的眼神看着我，在我回答他说我要步行去车站时，他更为惊愕了。

我必须在小车站上等好几个小时。有时我竟幻想玛丽亚会露面，我带着赎罪的痛苦心理等待着这个可能性变为现实，就好像小时候，由于认为别人亏待了我而躲在一个地方等着大人来找我并承认错误一样。但是，玛丽亚没有来。火车进站的时候，我朝路上最后望了一眼，希望她能在最后的时刻到来。但是，她没有来，我的心里感到无限的悲戚。

我坐在向布宜诺斯艾利斯行进的火车上，眼睛望着车窗外。火车从一个村落附近通过的时候，我看见一个妇女站在屋檐下看火车。我心里冒出了一个极为愚蠢的想法："这是我第一次也是最后一次见到这个妇女，这一辈子再也不会见到她了。"我的想法像一只软木塞在一条陌生的河流里沉浮一样，好一会儿还在围着屋檐下的妇女打转。这个妇女同我有什么关系呢？但是我不能不想到，对于我来说她曾经存在过一会儿；但永远也不再存在了，从我的角度来看，她好像已经死了。如果火车迟一会儿到，或村里有人喊她一声，那么，在我的生活中就从来也不会有一个像她这样的人存在过。

我认为一切都是昙花一现的、暂时的、无用的、不精确的。我的头脑不好使了，好像看到玛丽亚模糊而忧郁地一次又一次在我眼前出现。几个小时以后，我的思绪才慢慢恢复到原先的笃定和暴躁。

29

玛丽亚死前的几天是我一生中最难挨的日子。我不可能把自己的感受和想过做过的事原原本本地讲出来。因为我虽然难以置信地能回忆起许多细枝末节，却有许多小时甚至整天整天的时间只是像在做着模糊不清的噩梦一样。我仿佛记得有那么几天，我整个是在酒精效应下倒在自己的床上，或者躺在新码头的长椅子上。到达"宪法"车站时，我清楚地记得走进了一家酒吧，连要了几杯威士忌；接着，我模模糊糊地记得，我站了起来，乘一辆出租车到了"五月二十五日"大街或者是莱安德罗·阿莱姆大街的另一家酒吧。我还记得嘈杂声、音乐声、叫喊声和使我抽搐的一个笑声，瓶子打碎的声音，刺眼的灯光。后来我记得在一家警察局的牢房里，沉重的脑袋痛得几乎裂开，一位给我开门的看守，一位对我说了些话的警官，接着我又酩酊大醉地在大街上走着。好像我又进了一家酒吧，几个小时（或几天）之后，有人把我送回到画室。接着，我做了个噩梦，梦见自己在教堂屋顶上散步。我还记得有一次我在房间里醒来，四周漆黑，迷迷糊糊地觉得我的房间大不可及，任我怎样跑也永远跑不到边。当黎明的曙光透过窗户照进来的时候，我不知道过了有多久。我拖着步子走进浴室，穿着衣服跨进了浴盆。冷水开始使我慢慢地平静下来，在我的头脑中开始出现了一些孤立的事情，它们是破碎的，互不相关的，就像洪水退去后最先露出来的物体一样：在悬崖上的玛丽亚，咪咪拿着烟嘴，"阿连德"车站，一位德国人站在一个名叫拉孔菲安萨或拉埃斯坦西亚车站的对面，玛丽亚问我要明暗画，我喊叫着："什么明暗画！"温特尔凶狠地看着我，我在楼上焦虑地听着表兄妹之间的争吵，一个水手扔了酒瓶，玛丽亚用难以揣测的目光看着我，缓步向我走来，咪咪在说契诃夫，一个脏女人吻了我而我狠狠地揍了她一拳，咬我全身的跳蚤，温特尔在谈侦探小说，庄园的司机。也出现了一些梦境的片断：漆黑之夜的教堂和那无边无际的房间。

后来，随着我全身感到发冷，那些——出现的片断渐渐地在我脑海中串联了起来，整个景象重新慢慢地完整了，虽然从水中涌现的这些景象是忧伤和愁闷的。

我从浴室出来，脱去湿衣服，换上干衣服，开始给玛丽亚写信了。首先，我写道，我想给她解释一下我从庄园逃跑的原因（我把"逃跑"画掉，改为"出走"），接着又写，我非常敬重她对我的关心（我把"对我"画掉，改为"对我这个人"），又写，我理解到她是个仁慈的人，充满了纯洁的感情，虽然，像她自己告诉我的那样，有的时候"下贱的激情"在她身上占上风；我写道，我恰如其分地评价离岸的船或者不言不语地在黄昏时节去公园的比喻，但是，正如她自己能想象的（我把"想象"画掉，改为"估计"），这还不足以维持和检验爱情；我仍然不能理解，像她这样的女人怎么能一面对她的丈夫和我说着爱的言语一面同温特尔睡觉。我接着写道，更有甚者，她还同她的丈夫和我睡觉。我最后写道，正如她自己所能发现的那样，她的这种态度很值得好好地想一想，等等，等等。

我重新看了一遍，认为加上那几处改动的地方后，此信已经十分刺人了。封好信，我就上中央邮局把它用挂号寄了出去。

30

一走出邮局，我就发现了两个问题：一是在信中我没有写明为什么要暗示她是温特尔的情妇；二是我不知道是什么促使我如此残酷无情地伤害她。如果我的一些推断是正确的话，那么，难道是为了改变她的为人吗？这显然是可笑的。是使她奔向我的身边吗？试图用这种手段来达到这个目的是不可思议的。但是，我想，在我的思想深处，只是希望她回到我的身边来。然而，在这种情况下，为什么不直截了当地向她说明我离开庄园的原因是我突然发现了温特尔在吃醋，而非要采取这种刺人的方法呢？总而言之，除了伤害她之外，我认为她是温特尔的情妇的这一结论是毫无根据的，无论如何这只是一个假设而已，我提出这个假设的唯一目的是为今后的分析确定方向。

于是，任意写信和写完就发的习惯使我又干下了一件蠢事。重要的信写完之后至少应该要放一天，直到明白无误地看到它可能的后果后再发。

绝望中剩下的最后一着棋：收据！我掏遍了所有的口袋也没有找到，我可能把它随手丢了。我赶紧跑回邮局，排在发挂号信的队伍里。轮到我的时候，我一面强作笑脸一面问那位女职员：

"您不认识我吗？"

女职员惊讶地看了我一眼，她肯定以为我是个疯子。为了改变她的错误看法，我对她说我刚给翁布埃斯庄园发过一封挂号信。那个蠢女人更加惊讶了，她把头转向一个同事，好像是要别人也来插手这件事或请求别人对她听不明白的事予以帮助。她又朝我看看。

"我把收据弄丢了。"我解释说。

没有答复。

"我是说，我需要那封信而收据丢了。"我补充说。

女职员和另一个职员像牌友似的互相对视了一会儿。

最后，她以美妙的声调问我：

"您希望把那封信退还给您吗？"

"是的。"

"而您连收据也没有？"

我不得不承认我确实没有收据。她的惊讶达到了顶峰，咕哝了一句我听不懂的话，又向她的同事转过头去。

"他要求把信还给他。"她结结巴巴地说。

她的同事十分笨拙地笑了一下。他唯一的目的倒是想表现出几分活跃的气氛来。女职员看着我说：

"这是完全不可能的。"

"我可以给您看证件。"我说着掏出几张证明材料来。

"不行，规定是不能更改的。"

"您明白，规定应该是合乎逻辑的。"我激动地喊起来，那个女人脸上长毛的黑痣使我窝火。

"您懂规定吗？"她慢吞吞地语带嘲讽地问。

"没必要懂，夫人。"我冷冷地回答说，心里明白夫人这个词已经要命地刺了她一下。

那个干瘪丑陋的女人眼中射出了愤怒的火花。

"您知道，夫人，规定不可能不合逻辑：它们应该是由一个正常的人而不是由一个疯子制定的。如果我发了一封信，并马上回来要求归还，那是因为我忘了一些要紧的话。合乎逻辑的做法是答应我的请求。难道邮局一定要把不完整或错误的信送出去吗？非常明显和合情合理的是，邮局是个通信工具而不是强制工具：如果我不愿意，邮局不能强迫我寄信。"

"但原先您是愿意的。"她回答说。

"是的!"我喊起来,"我再对您说一遍,现在我不愿意!"

"别嚷嚷,有点教养嘛。现在已经晚了。"

"不晚,因为信就在那儿。"我指着刚收下信件的篮子说。

周围的人开始叽叽喳喳地抗议了。那个老处女的脸气得直发抖。我厌恶极了,觉得我的恨全都集中在她的那颗痣上了。

"我可以向您证明我就是发信的人。"我拿出几张表明身份的纸来。

"别喊,我不是聋子。"她又说了,"我不能做出这样的决定。"

"那您去问问你们的头儿。"

"我不能走开,有许多人在排队。这儿很忙,您懂吗?"

"这件事也是工作的一部分。"我说。

有一些排队等候的人建议把信还给我算了,好再接待其他人。女职员犹豫了一下,一面假装在干别的事;最后,她到里面去了。过了好一会儿她怒气冲冲地回来了,并在篮子里找信。

"什么庄园?"她用蛇一样的咝咝声问我。

"翁布埃斯庄园。"我冷冷地说。

她假装找了好大一会儿，把信拿在手里左看右看，好像别人要卖给她东西，而她正在权衡利弊。

"信封上只有地址和缩写词头。"她说。

"怎么说？"

"您有什么文件可以证明您就是发信人呢？"

"我有信的草稿。"我把草稿纸拿出来说。

她拿在手里看了看，又还给了我。

"我们怎么能知道这就是原信的草稿呢？"

"很简单，把信拆开就可以了。"

女职员犹豫了一下，看了看封口的信封，接着对我说：

"如果不知道这就是您的信，我们怎么能把它打开呢？我不能这么办。"

旁边的人又开始抗议了。我真想动粗。

"这个文件不顶用。"丑女人说。

"您认为身份证能顶用吗？"我用带着讥讽的礼貌问。

"身份证？"

她想了想，重新看看信封，接着一本正经地说：

"不行，光有身份证不行。因为这里只有词头字母。您还应该给我看居住证。要是没有带，兵役证也行。因为上面有

135

您的居住地点。"

她想了一下，又补充说：

"显然，您自十八岁以来没有变更过住址是不大可能的。这样一来，几乎肯定也需要居住证。"

我心中无法遏止的怒火终于爆发了。我觉得我的怒气已经波及玛丽亚，更奇怪的是，也波及咪咪。

"您就这样送走吧！下地狱的！"我大喊着离开了。

我怒不可遏地走出邮局，甚至想到，要是再回到小窗户前的话，我会把装信的篮子给烧了。但是，如何烧？丢一根火柴？火柴丢不到篮子那就会熄灭的。要么先丢一团石脑油在篮子里，肯定能见效，不过事情就复杂了。不管怎样，我想等他们下班时，再狠狠地骂一通那个老处女。

31

等了一个小时后，我决定走了。骂这个婆娘又有什么好处呢？另一方面，在这段等候的时间里，我又仔细地思考了一下，并平静下来了：信写得不错，应该让它到达玛丽亚的手中（有许多次我都这样，面对一个阻挡我去干我认为必须干和适合干的事的障碍，总是不明智地去斗争，恼怒地接受失败，而最后，过一段时间后，我却发现命运的安排是对的）。实际上，我在开始写信的时候，没有认真地思考过，甚至还有几句刺人的话也是欠妥的。但在当时，当我想起写信前的情况时，突然回忆起在我酗酒的那几个晚上做的梦来：我躲在暗处，窥视到自己正坐在阴暗房间中央的一把椅子上，房间里既无家具也无装饰品，在我的后面有两个相互用恶魔般的讥讽言语对视着的人：一个是玛丽亚，另一个是温特尔。

当我回想起这个梦的时候，一阵难以言传的忧伤控制了我的全身。我离开邮局的大门，拖着沉重的步子慢慢地走着。

过了一会儿，我坐在雷科莱塔一棵大树下的一把长椅上。我们相好时走过的这些地方，树和小路开始改变了我的看法。总而言之，我究竟恨玛丽亚的什么呢？我们爱恋的最好时光（她的脸庞、温柔的眼神，她的抚摸着我头发的手），开始慢慢地占据了我的心灵，就像抱起一个遭受了车祸的亲人那样小心翼翼，因为这个亲人连最起码的颠簸也受不起了。我慢慢地欠身起来，忧伤逐步变成了热望，原先对玛丽亚的恨慢慢地变成了对自己的恨，从我昏昏欲睡的情绪中突然衍生出必须跑回家去的想法。在我一步一步迈向画室的时候，渐渐发现了自己想干的事情：打电话，一刻也不耽搁地马上给庄园打电话。我以前怎么就没有想到这个可能性呢？

当电话接通的时候，我几乎没有力气开口了。一个仆人接了电话。我对他说，我需要马上同玛丽亚夫人通话。过了一会儿，同一个声音对我说，大约一小时以后，夫人会给我回电话。

等待的时间在我看来长得简直没有尽头。

我记不清这次谈话的具体内容了，但是，我却记得，我不仅没有就那封信请求她原谅（信乃是我打电话的原因），反而说了些比信中写的更为激动的话。当然，这样做不是没有道理的，事实是，一开始，我就卑下而温和地同她说话，但是她那痛苦的调门和她按习惯不对我的问题做出任何一点具体回答的做法慢慢地使我失去了耐心。对话，更确切地说是我的独白，愈来愈激烈。言辞愈激烈，她好像愈痛苦，从而更加激怒了我，因为我对自己的解释有充分的理由，而她的痛苦则是毫无道理的。最后，我大声地对她说我要去自杀，说她是个喜剧演员，还说我马上要在布宜诺斯艾利斯见到她。

她没有回答我的任何一个具体问题。但在最后，由于我的坚持和自杀的威胁，她答应第二天就回布宜诺斯艾利斯来，"虽然不知道为了什么"。

"我们唯一能得到的是，"她用很微弱的声音说，"再一次互相残忍地抱怨。"

"你不来，我就去死。"我最后重复说，"在你下任何决心之前，好好想想这句话。"

我一句不多地挂上了电话。事实是，在那个时候，我已铁了心，如果她不来解释清楚，我就自杀。下了这个决心，我反倒感到了一阵奇怪的满足感。"走着瞧！"我好像报复一样地想着。

32

这是该诅咒的一天。

我怒气冲冲地走出画室。虽然第二天就能见到她，我还是很难过，感到一种不可言状的、莫明其妙的仇恨。现在，我觉得这种仇恨是针对我自己的，因为在内心深处，我知道这些残忍的侮辱是没有根据的。但是令我生气的是她的不争辩。她痛苦而又卑下的声调不仅没有使我平静，反而更加激恼了我。

我恨我自己。这天下午我开始大量喝酒，最后在莱安德罗·阿莱姆的一家酒吧里寻衅滋事。我霸占了一个我认为最堕落的女人，接着又向一个水手挑事，因为我开了一个龌龊的玩笑。我记不得后来发生的事了，只记得我和水手打了起来，人们兴高采烈地把我们劝开。然后，我记得同这个女人在大街上溜达。凉爽的天气很合我的胃口。天亮时我把女人带到画室里去。到家后，她却对着放在画架上的一幅画放声大笑。（我不知道我有没有说过，自从画了有窗户画面的那幅画以来，我的画就慢慢地变了，好像我原来画中的人物、东西都经历了一次宇宙震荡。关于这一点我放到以后谈，因为我现在要谈在决定性的那几天里发生的事。）那个女人大笑着看画，接着又看看我，好像要我做出解释。你们可以想象得到，那个倒霉的女人对我的艺术作品有什么看法，于我是无关紧要的。我对她说，不要在这些枯燥乏味的事情上浪费时间了。

我们躺在床上。突然，一个可怕的念头从我头脑中掠过：这个罗马尼亚女人的表情很像我有一次在玛丽亚脸上见到过的表情。

"婊子！"我发疯似的喊了起来，厌恶地推开她，"她当然是个婊子！"

罗马尼亚女人像条蛇似的弓起身来，狠狠地咬着我的膀子，直至咬出血来。她以为我在说她。满怀着对整个人类的轻蔑和仇恨，我几脚就把她踢出了画室，还说，如果她不立即滚蛋，我就要像宰条狗一样把她宰了。她走时破口大骂，虽然我抛给她一大笔钱。

有好长一段时间，我麻木不仁地待在画室中间，不知道干什么，也没有办法整理我的感情和思绪。最后，我下了个决心：走进浴室，在浴缸里盛满冷水，脱光衣服，跳了进去。我想理一理自己的思绪，所以在浴缸里一直待到完全清醒为止。我慢慢地使自己的头脑充分运转起来。我要绝对精密地思考一番，因为我觉得现在到了一个关键时刻。我最开始在想什么？有好几个词跳出来回答这个问题：罗马尼亚女人，玛丽亚，妓女，快感，假装。我想，这几个词可能代表了最实质的东西，最深刻的真理，我应该以此为出发点。我不遗余力地把它们按顺序排列起来，结果，我终于把它们排列成这样一种可怕的，但确实无疑的形式，从而形成了一种想法：玛丽亚和妓女有着相同的表情；妓女假装有快感，因此，玛丽亚也假装有快感；玛丽亚是一个妓女。

　　"婊子！婊子！婊子！"我喊着从浴缸里跳了出来。

　　我的神志已经清醒，头脑已经恢复到最佳状态了：我清晰地看到，必须马上终止，不要再被她的痛苦声调和喜剧面具所欺骗。我只能让逻辑来支配自己，把玛丽亚可疑的话语、费解的表情、含糊的沉默等等，毫无畏惧地、始终如一地分析到底。

　　一场噩梦的各种景象，在光怪陆离的光束照耀下飞快地列队通过。在我迅速穿衣服的时候，所有可疑的时刻都来到了我的面前：第一次打电话；令人惊讶的假装能力和声调改变所反映出来的过往；通过那么多费解的话语所显示出的在玛丽亚周围的阴影；她的"会害了我"的惧怕，这种惧怕只能解释为"我的谎言，我的言行不一，我的隐蔽行为，我假装的感情和感受都会害了你"，因为真正爱我的人是不会害我的；擦火柴的痛苦场面；她如何一开始连与我接吻都拒绝，只是在使她面临说出这种厌恶的真相时，或者最多是出于母性或是兄弟手足之情时，她才同意肉体之爱。这一切当然妨碍我相信她的快感冲动、她的话和她那销魂陶醉的满足面容；此外，还有她的性经验，同像阿连德这样的禁欲哲学家是难以获得这种经验的；她关于爱丈夫的回答，也只能又一次烘托出她用不真实的感情和感受欺骗人的能力，由出类拔萃的虚伪者和扯谎者组成的家系；用根本不存在的港口明暗画欺骗她的两位表亲时直截了当的神态和这种做法的效果；庄园里餐桌上的情景；楼下的辩论；温特尔的醋意；她在悬崖上无意中透露的一句话："就像我以前搞错过一样。"同谁？什么时候？怎样？同这位表兄的"可怕和残忍的事情"，这也是从她嘴里无意中透露的话，因为她没有回应我要求她讲清楚的请求，她没有听到我的请求，只是没有听到，她已经沉醉在她自己的童年，沉醉在我认识她的过程中——也许是唯一的真心话中了；最后，同那个罗马尼亚的或俄国的或任何国家的女人在一起的场面。嘲笑我画作的丑女人和鼓励我作画的脆弱女人，在她们生活中的某些时刻具有相同的表情！我的上帝呀！一想到在勃拉姆斯和一条阴沟之间于某些时刻存在着一些暗藏的阴暗的地下通道，那倒是该为人类的本性感到不安了！

33

　　我从那个清晰但是恍惚的分析中得出的许多结论都是假设性的，虽然我坚信自己没有搞错，却又不能证实它们。但我马上发现，直到那个时候，还放过了一条重要的调查线索：其他人的意见。我以非常满意的心情和从来没有过的清醒，第一次想到了这种做法和前面提到过的人：拉尔蒂格。他是温特尔的朋友，他们俩是亲密好友。当然，他是另一个令人轻蔑的人！他写过一本诗集，是写人世间一切虚荣的诗，但他还抱怨没有给他全国奖。我当机立断，满心厌恶但又坚决地给他打了电话，说要马上见到他。我到了他家里，赞扬了他的诗集之后（虽然他很不愿意转换话题，因为他想继续就这个话题谈下去），我立刻向他提出了一个事先想好了的问题：

　　"玛丽亚·伊丽巴内做温特尔的情妇有多久了？"

　　我的母亲永远也不会问我们是不是吃了一个苹果，因为这样问我们是不会承认的；她会狡黠地问我们吃了几个，以此来打听她想要了解的问题：我们有没有吃苹果。而我们则被这种巧妙的询问数量的口气所迷惑，说只吃了一个。

拉蒂格虽然自负，但不笨：他怀疑我的问题有诈，于是回避说：

"这个我一点也不知道。"

他又说起了他的书和得奖的事。我实在反感，就朝他喊了一声。

"他们对您的书真是不公正呀！"

我跑开了。拉蒂格不是笨蛋，但是，他却没有发现，他的回答已经足够说明一切了。

下午三时。玛丽亚应该到达布宜诺斯艾利斯了。我在一家咖啡馆里给她打电话——我已经没有耐心再回到自己的画室里去了。电话一接通，我就说：

"我要马上见到你。"

我尽量克制着自己的仇恨，因为我怕她有所怀疑而不肯来见面。我们约定五点钟在雷科莱塔这个老地方见面。

"虽然，我不知道这对我们有什么意义。"她忧伤地补上一句。

"很有意义，"我回答说，"很有意义。"

"你这样认为吗?"她用绝望的声调说。

"当然了。"

"因为,我认为我们只能互相伤害,更进一步地破坏联系我们的很不坚固的桥梁,更残忍地互相刺痛……你请求我那么多次我才答应回来的,我本来是应该留在庄园里的。温特尔病了。"

"又说谎!"我心里想。

"谢谢,"我生硬地说,"那么五点整见面。"

玛丽亚叹了口气表示同意。

34

　　五点前，我就在雷科莱塔我们惯常见面的长凳上了。见到那些曾经是我们爱情见证的树木、小径和凳子时，我那已经阴暗了的精神陷入了完全颓唐的境地。我带着绝望的忧伤想起了我们一起在雷科莱塔公园和法兰西广场度过的时光，想起了那些似乎很遥远的日子，那时候我曾相信我们的爱情是永恒的，一切都是奇迹，令人陶醉，而现在，在一个毫无意义和冷漠的世界里，一切都是冰冷的、阴暗的。有一阵子，对毁灭我们之间的爱情和永远孤身一人的恐惧使我动摇。我想也许我能把一切折磨我的怀疑都抛在一边。在别人面前的玛丽亚于我有何相干？看到这些树、这些凳子，我想，我永远也不会甘心于失去她在左右，虽然相通的时刻只是一瞬间，联系我们的爱情是神秘的。我愈是这样想，无条件接受这种爱情的念头就逐步形成了，但如果最后只剩下一无所有的我，完全一无所有的我又该怎么办？这种恐惧慢慢地产生，我感到一种一无所有之人才有的节制。最后，当我发现什么也没有失去，并且可以从这个清晰的时刻开始一种新生活的时候，我全身洋溢出一阵奔放的喜悦。

不幸的是，玛丽亚又一次负了我。五点半，我惊慌地、发疯似的又给她打了电话。电话里说她已经突然回庄园去了。我不知所措，大声地对女仆说：

"但我和她约好五点见面的！"

"我什么也不知道，先生，"仆人有点害怕地说，"夫人刚乘车出去，她说至少要在庄园里待一个星期。"

至少一个星期！世界好像毁灭了，我认为一切都不可信，一切都毫无意义了。我像个梦游症患者那样步出咖啡馆。我见到了荒谬绝伦的东西：灯，走来走去的人，好像这些还能派什么用处似的。为了在今天下午见她，我求了她多少次！我是这样地需要她！我可不想再去请求，再去乞求她了！但是——我悲痛欲绝地想——在公园里安慰我和去庄园同温特尔睡觉之间，她无疑选择了后者。想着想着，我头脑里产生了一个念头。不！更确切地说，是确定了点什么东西。我快速走过仅有的几个街区回到了画室，重新给阿连德家打电话。我问夫人去庄园之前有没有接到从庄园来的电话。

"有的。"女仆稍加犹豫之后说。

"是温特尔先生打来的，对吗？"

女仆又犹豫了一下。我记下了这两次犹豫。

"是的。"她最后说。

一阵痛苦的胜利感像恶魔一样缠上了我。和我想的一样！一种无尽的孤单和超然的骄傲同时占据了我，这是一种对自己准确猜中的骄傲。

我想到了马佩利。

刚要跑出去，我又有了主意。我走进厨房，拿起一把大菜刀，又回到画室来。胡安·巴勃罗·卡斯特尔原来的画还有什么用呀！让那些把我比作建筑师的蠢货欢呼吧！看来，人是真会变的！这些蠢货中有几个人能够猜想到在我的建筑和"理性的东西"后面有一座即将爆发的火山呢？一个也没有。他们会有充裕的时间来观赏这些破布烂片、断肢塑像、冒烟的废墟、阴间的梯子了！就在这儿，像一座噩梦的化石博物馆，像一座绝望和耻辱的博物馆的这儿。但我还想把有些东西彻底破坏干净，不留下一丝痕迹。我看了画最后一眼，感到喉咙在痛苦地收缩，但我没有动摇，透过泪水，我看见那片海滩，那个望眼欲穿的女人，种种希望都变成了纷纷剥落的碎片。我用脚践踏这些碎布条，直到把它们都揉成脏抹布似的才歇下来。那样不明智的等待永远也不会有结果了！现在，我比任何时候都明白，这样的等待是徒劳的。

我跑到马佩利家，但没有见到他，人们说他可能在比奥书店里。我又到了书店，见到了他。我抓着他的胳臂走到一旁，告诉他我急需用车。他惊奇地看了我一眼，问我是不是发生了什么大事。这是我事先没有料到的，但我灵机一动对他说，我父亲病危而当天已经没有火车了。他表示要亲自开车送我去，我拒绝了，我说我愿意一个人去。他又一次惊奇地看了我一眼，但最后，还是把车钥匙交给了我。

35

下午六点。我估计马佩利的车开四个小时就能到，这样十点钟就能到达庄园。"时间不错！"我心里想。

一上了去普拉塔海的公路，我马上就把车速提高到每小时一百三十公里。我开始感到了一种奇妙的快感。现在，我把它归咎于能对玛丽亚做点具体事情的信心上。她曾经像一个置于一堵不可逾越的玻璃墙后面的人，我可以看到她，但是听不见、摸不着，一堵玻璃墙把我们隔开了，我们都曾经热忱而忧伤地生活过。

在这种快感中，错误、仇恨和爱时显时隐，就像生病一样，这又使我伤感起来；我第二次给阿连德家打电话时猜中了事实，这又使我痛苦起来。她，玛丽亚，可以轻浮地失声大笑，投向那个无耻的、好色的、虚伪的和自负的诗人怀里！因此，我是多么蔑视她！我自寻烦恼，以最厌恶的方式想着她是如何做出最后的决定：一边是我，她答应下午同我见面。为了什么目的呢？为了谈论阴暗的粗暴的事情，为了再一次隔着玻璃墙热忱而绝望地对视，为了竭力弄明白对方的意图，为了隔着玻璃墙徒劳地试图互相抚摸、亲昵，为了重温不可能实现的美梦。另一边是温特尔，他只消打一个电话，喊她一声，她就会跑到他的床上去。这一切是多么荒谬！多么令人心酸呀！

十点一刻，我到了庄园。为了不使汽车声惊动别人，我把车子停在大路上，徒步而行。天热难忍，万籁俱静，只有大海的低声细语。有时，月亮透过乌云，使我能在入口处的小径上和桉树之间不费很大力气地迈步向前。当我到达大房子跟前时，发现一楼的灯都亮着，我想他们可能仍然在餐厅里。

夏天暴风雨来临之前，天气闷热。他们吃完饭自然会走出来的。我躲进花园里，以便观察人们进出。我等待着。

36

　　没完没了的等待。我不知道钟表走了多少圈，而这无名的、普遍存在的时间与我们的感情、我们的命运、爱情的坎坷、死亡的等待是不对等的。但我自己的时间却是无限的、复杂的，充满了波折和旋涡，犹如一条阴暗的，时而咆哮着的河流。有时，它却奇怪地安静下来，像无垠的大海陷入沉睡，海面上，玛丽亚同我平静地四目对视；有时，它又是一条大河，挟带着我们回到似梦的童年时代，我看见她骑马驰骋，头发迎风飞舞，目光炯炯有神，我自己则在南方的小镇上，住在自己的病房里，脸紧贴着玻璃窗，目光明亮地看着纷飞的大雪。好像我们两人曾经生活在两条平行的通道或隧道里，好像是相同的灵魂在相同的时间里，但是互相不知道对方就在自己的身边，并要在通路的终端相遇，相遇在我画的一幅画作前面。这个画面好像就是为她一个人画的，好像暗示着我就在那里，通道终于会合，相遇的时刻也已经到来。

相遇的时刻已经来临了！但是，难道通道真的会合了吗？我们的心灵真的相通了吗？这一切全是我愚蠢的痴想！不！通道还像以前一样，是平行的，虽然把它们隔开的是一堵玻璃墙，玛丽亚是一个我可望而不可即的沉默的身影……不！连这堵墙也不永远是这样的；有时候，它是一堵黑色的石墙，于是，在墙那边发生的事我就一无所知，在这些时显时隐的间断中，她是怎样的呢？发生了什么奇异的事呢？我甚至想到，在这些时间里，她的脸也变化了，是讥讽的表情改变了它，也许在她的笑声中还夹有其他人的笑声，所有这一切关于通道的想法是我自己可笑的创造和信念。在任何情况下，只有一条隧道，一条阴暗孤独的隧道：我的隧道。在这条隧道中有我的童年、青年和我的一生。在这堵石墙的某个透明地段我又见到了这位姑娘，我天真地以为她来自另一条平行的隧道，可是，实际上她却属于广漠的世界，属于那些不是来自隧道的人的广漠无垠的世界；也许她曾经好奇地走近我许多奇怪窗户中的一个，窥见了我无可挽救的孤独，无声的语言可能引起了她的好奇，这语言就是我画中的关键。于是，当我一直沿着通道向前的时候，她在外部正常地生活着，生活在外部那些人的不平静的生活中，这是有跳舞、节庆，有轻浮和喜悦的奇怪而又荒谬的生活。有时候，当我正在自己的一个窗户前通过时，她正沉默并热忱地等待着我（她为什么等我？她为什么是沉默和热忱的？），但有时候，她不准时到达或者忘记了这个被禁锢着的可怜虫，于是，我就把脸紧贴在玻璃墙上，看到她远远地在微笑或无忧无虑地跳着舞，或者更糟糕的是，我一点也看不见她，想象着她正在我无法到达的或者是某个不堪的地方，于是，我感到自己的命运远比我想象中的还要更加孤独。

37

在我长时间地想象着大海和隧道之后，他们从台阶上下
来了。看到他们挽着胳臂时，我感到自己的心变成了冒着寒
气的冰块。

他们不紧不慢地走下台阶。他们有什么好急的？我痛苦
地想。但是，她知道我需要她，知道我下午等过她，知道我
徒劳地等待的每一分钟是多么难熬。她明明知道，在她安享
宁静的同时，我却正在一个寻求解释和假设想象的地狱里备
受煎熬。在这个如此脆弱的女人心中竟栖息着如此无情、冷
漠和非人的兽性！她可以像现在这样望着暴风雨的天气，挽
着他的胳臂散步（挽着这个无耻之徒！），挽着他的胳臂漫步
在花园里，兴致勃勃地闻着花香，挨着他坐在草地上，虽然
她明明知道，在这同一个时间里，我，曾经徒劳地等过她、
给她家里打过电话并知道她来到庄园的我，却正在一片黑色

的沙漠里，被一群饥饿的蠕虫无声地吞噬着内脏。

同这个可笑的恶魔谈话？玛丽亚同这个腐朽的人能谈些什么呢？用什么语调呢？

或者，我才是个可笑的恶魔？他们这时难道不正在嘲笑我吗？难道我不正是那个居于隧道里、试图传递秘密信息的愚蠢而可笑的人吗？

他们在花园里走了好一会儿。电闪雷鸣，撕裂人心的黑色风暴已经来临。狂风吹紧了，雨点开始往下掉。他们只好跑回家去躲雨。我的心开始痛苦而又激烈地跳动起来。在树丛里，在我藏身的地方，我觉得自己猜中了一个多次假设过的可憎的秘密。

我观察着仍然完全关着灯的二楼。一会儿，我看见中间的房间，即温特尔的房间里的灯亮了。至此，一切都正常；温特尔的房间正对着楼梯，理应先亮灯。现在另一个房间的灯也应该亮了。我的心怦怦直跳，计算着玛丽亚从楼梯走到另一个房间所需要的时间。

但是，另一个房间里的灯没有亮。

我的天哪！我没有力气说出是什么样无限孤独的心情占据了我的心！我觉得好像是最后一条能把我从荒岛救出去的船只没有发现我的呼救而在远处开走了。我的身体慢慢地瘫了下来，好像老年已经来临。

38

　　站在被暴风雨吹打得东晃西摇的树丛中，全身都被雨水淋湿，我感到又过了一阵严酷的时间。最后，被雨水和泪水弄湿了的眼睛看见另一个房间里的灯也亮了。

　　接着发生的事就像噩梦一样印刻在我的脑海里。迎着暴风雨，我攀着一扇窗户上的铁栅栏爬到了二楼。然后，我沿着平台一直走到一扇门前。我开门跨进了里面的走廊，寻找她的房间，她房间门下的灯光正确无误地指引了我。我战战兢兢地手握刀子推开了门。当她目光炯炯地看见我时，我正站在门框上。我向她的床铺走去。当我在她的床前站下的时候，她伤心地问我：

　　"你来干什么，胡安·巴勃罗？"

　　我左手揪住她的头发，回答她说：

　　"我要杀死你，玛丽亚，你丢下我孤单一人。"

于是，我一面哭着一面把刀子戳进她的胸膛。她咬紧牙关，紧闭双眼，当我把淌着鲜血的刀子拔出时，她挣扎着睁开双眼，用痛苦和低下的目光注视着我。骤然的狂怒加强了我的决心，我在她胸部和腹部连戳了好几刀。

后来，我重新走到平台，好像恶魔已经永远附身了一样，神速地爬下楼来。闪电最后一次照亮了曾经属于我们两个人的景色。

我赶回布宜诺斯艾利斯的时候，已经是凌晨四五点钟了。在一家咖啡馆里我给阿连德家打了电话，喊醒了他，并说我必须立刻见到他，一分钟也不能耽搁。接着，我又马上赶到博沙达斯大街。波兰人在临街的门口等我。一到五楼，我就看见阿连德站在电梯前面，一双不起作用的眼睛睁得大大的。我扶住他的一条胳膊把他带进房间里。波兰人像白痴似的跟在我们后面，惊愕地看着我。我让他去睡觉。他刚一走，我就大声对瞎子喊道：

"我从庄园来！玛丽亚是温特尔的情妇！"

阿连德的脸像死人般紧张起来。

"蠢货！"他从牙缝里喊着，怒气冲冲。

他的不相信加剧了我的怒火，我朝他大喊大叫：

"您才是蠢货！玛丽亚也是我的情妇，是许多人的情妇！"

160

我感到一种由衷的快感，那个瞎子像一尊石像似的一动也不动。

"对！"我喊叫着，"我欺骗了您，她欺骗了我们！但是现在她再也不能骗人了！懂吗？不能！不能！不能！"

"疯子！"他像一只困兽一样吼叫着，伸着两只爪子似的手向我冲来。

我让到一边，他撞在一张桌子上跌倒了。他又以不可思议的速度很快地爬了起来，东撞桌子西撞椅子，满屋子追赶我，一面没有眼泪地干号着，嘴里喊着这个词：疯子！

我推倒想拦住我的仆人后，沿着楼梯逃到了大街上。仇恨、轻蔑和同情占据了我的全身。

当我去警察局自首的时候，快到六点了。

通过牢房的窗户，我看到新的一天在慢慢到来，万里无云。我想到许多男人和女人开始醒来，然后吃早餐，看报纸，上班，或者喂孩子、喂猫，或者谈论头天晚上的电影。

我感到有一个黑色的洞穴正在我体内渐渐扩大。

39

被关着的这几个月里，我曾多次想弄清瞎子的最后一个词——"疯子"的含义。可是巨大的疲劳或是阴暗的本能阻止我这样做。可能有一天我会做到的，那时候，我还要分析阿连德可能自杀的原因。

至少我还会画画，虽然我怀疑医生们在背后偷偷发笑，就像我怀疑在法庭上提到窗户的画面时人们在发笑一样。

只有一个人理解我的画。与此同时，这些画也更加证实了他们愚蠢的观点。这座地狱的墙，也就这样，封得更严密了。

译后记

　　1911年6月24日，在阿根廷布宜诺斯艾利斯省罗哈斯镇的一个家庭里诞生了他们的第11个孩子，取名埃内斯托·萨瓦托。他的父亲弗朗西斯科·萨瓦托是意大利人后裔，经营着一家小磨坊。严厉的家庭管教在埃内斯托的心灵上刻下了深刻的印迹。他后来回忆说："在家里不兴哭泣，不能过分表达感情……漫漫长夜里，我所感到的害怕和幻觉是难以用语言来表达的。[1]"在故乡读完小学后，他到拉普拉塔去上中学，并对数学产生了浓厚的兴趣。"数学里有我孤独的学生生活所缺少的秩序感与纯净"。中学毕业后，他进入拉普拉塔大学的物理-数学科学系学习。

　　1930年9月6日，阿根廷发生军事政变，宪法政府被推

---

1 安赫拉·B.德列皮亚内引自萨瓦托1973年的一封信，下同。——译者注

翻，由此开始了长达10年的动荡时期。热血青年萨瓦托积极地投身斗争。他参加了共产青年联盟，并成为它的领导人之一。1938年，他获得物理学博士学位。同年他又得到去居里实验室工作一年的奖学金。在巴黎，他接触到超现实主义，这引起了他的共鸣。他认为超现实主义的实验打开了通向包括潜意识在内的人类内心活动的闸门，是可以恢复人类精神力量的途径。正是在这个时期，他决定了自己的人生走向。他放弃了自己一直从事和喜爱的物理科学研究，因为他认为理科本身是客观的，但从本质上它是超道德的，甚至会变成奴役和毁灭的工具。他开始关注人文哲理，关注人类的命运，用文学的形式揭示现代人的内心冲突，理性和本能的冲突，并以此为出发点，抨击时弊。

萨瓦托的大量作品是涉及社会、文化、文学的散文。《永不重演》便是一例。1976年至1983年，由政变上台的军人控制和掌管政府，对人民采取高压政策，以维持自己的统治。当民选政府重新执掌政权后，成立了一个"全国失踪者调查委员会"，对受迫害人士进行调查。萨瓦托被委以此项重任。在该委员会结束调查时，由他主笔写出了一份报告，标题为《永不重演》。它除了罗列8 960名失踪人士、340个关押点外，还揭露了对这些人系统地施加的各种残酷刑罚。更为重要的是，萨瓦托从历史、社会、政治、经济、体制和精神等层面上详细分析了它产生的原因以及防止重蹈覆辙的方法。

　　萨瓦托一生只写了三部小说。《隧道》是他公开出版的小说处女作，发表于1948年。这部小说开创了拉美小说一个新的方向，一个新的文学流派。小说一出版就立刻收到评论界和读者的诸多赞誉，法国文学家、1957年诺贝尔文学奖获得者加缪马上推荐把它译成法文。很快它也被译成欧洲的其他几种主要文字。

　　就拉美小说的发展历程来看，《隧道》的出版确实意义深远。由于历史原因，拉美小说的起源和发展一直受到欧洲的影响。作者加上读者只是拉美人口总数中的少数，而且这少数中的大部分接受的都是欧洲教育。小说中的拉丁美洲是欧洲人眼中的拉丁美洲。出于猎奇，对这块"新大陆"大自然的描写压倒了对人物的刻画。农村题材充斥在各类文学作品中。这种现象一直到二十世纪三四十年代才有所改观。包括萨瓦托在内的几位先驱式的人物，首先尝试用拉美人的眼光来审视"新大陆"，在把小说的题材从农村转向城市的同时，突出了对人物的刻画。萨瓦托的重大贡献在于他细腻地描述了人物的心理活动。所以，他后来被贴上心理现实主义的标签。

　　《隧道》是一部篇幅不长的小说，以主人公胡安·巴勃罗为第一人称叙述了他同玛丽亚从认识、交往、恋爱、猜疑到最后把她杀死的过程。所以，它的表层结构有点像侦探小说。但是它又没有这类小说中常有的悬念，因为小说一开头就由胡安·巴勃罗之口说出他自己就是凶手。胡安·巴勃罗的有些话可能会对我们理解小说和体会作者的意图有所帮助。"我有对任何事情都要做辩解的坏习惯"，"我试图清醒地想一想……我才能够慢慢地习惯于严格地控制和整理思绪"，这些话同下面的话是对立的："我感到在我面前展开了一个阴暗但却广阔和美好的前景；我感到，在我内心里沉睡着的一股巨大力量爆发出来了"，"我觉得已经到了一个关键时刻"。胡安·巴勃罗和玛丽亚是偶然相遇而认识的，他的凶杀行为是其直觉和理性都膨胀到了荒谬的程度的结果："玛丽亚和妓女有着相同的表情；妓女假装有快感，因此，玛丽亚也假装有快感；玛丽亚是一个妓女。"但"我只能让逻辑来支配自己"。主人公试图通过猜测，把一大堆不可由理性解释的事联系在一起，并在逻辑的支配下梳理它们。在理性和直觉的冲突中，悲剧酿成了。这可能就是这部小说深层次的含义。

2011年4月30日，埃内斯托·萨瓦托在圣卢加雷斯溘然去世，终年99岁，离他100岁的生日仅差2个月。写下这些文字作为对他的追思，是为译后记。

徐鹤林
2011年5月

附录一：

关于埃内斯托 · 萨瓦托

埃内斯托·萨瓦托于1911年6月24日出生于布宜诺斯艾利斯省罗哈斯镇。先在家乡读完小学，后进入拉普拉塔国立学校完成中学学业。

1929年，他入读拉普拉塔国立大学物理-数学科学系。在校期间，他被选为共产主义青年联盟的总书记。在那段日子里，他结识了马蒂尔德·库斯明斯基·里希特——后成为他的妻子和战友，并为其生下两个儿子：豪尔赫和马里奥。

1934年，他代表阿根廷共产党前往布鲁塞尔参加反法西斯暨反战大会。大会过后，他退居巴黎，后在那里写出了长篇小说处女作《哑泉》，但这部作品只得以在《南方》杂志上选登部分内容。1936年，他回到布宜诺斯艾利斯并与马蒂尔德成婚。两年后，他在拉普拉塔大学获得物理学博士学位，并获得供其前往居里实验室开展原子放射研究工作的奖学金。在巴黎这座城市，他接触到很多超现实主义艺术家和作家，并与其中一些人——尤其是安德烈·布勒东——建立了友谊。

三年后的1939年，他被调往美国麻省理工学院，正好赶在第二次世界大战爆发前离开巴黎。1940年，他回到布宜诺斯艾利斯。

在经历了一次存在主义危机后，他决定放弃理科以全身心投入文学事业，并于1943年搬到了科尔多瓦省一座小镇的农场，从事文学创作。两年后，他出版了自己的第一本书《个人和宇宙》(1945)，书中收录了一系列哲学随笔，批判了科学极其明显的道德模糊性，并提醒人们，失去道德约束会的科技对人类社会造成危险。

1948年，他在《南方》杂志上发表了《隧道》，而在此之前，布宜诺斯艾利斯的所有出版社都拒绝出版这部作品，此举显然是受作家理科出身的影响。不过，《隧道》赢得了评论界的热烈好评，后被译为多种语言，其中法语版是在阿尔贝·加缪的呼吁下译介的。

1955年，他被刚上台的军事独裁政府任命为《阿根廷世界》杂志审查官，但次年他在谴责对工人激进分子施以酷刑的行为后即宣布辞职。同年，他发表了《庇隆主义的另一副面孔——致马里奥·阿马德奥的公开信》，在这篇文章中，我们看到了一个具有强烈政治和意识形态使命感的写作者。在总统弗朗迪西执政期间，他被任命负责文化关系事务，但仅任职一年就因与当局意见相左而离任。

1961年，他出版了《英雄与坟墓》，该作被认为是阿根廷二十世纪最佳长篇小说之一。他的下一部长篇小说直到多年后的1974年方才问世，书名为《毁灭者亚巴顿》。书中描绘了如世界末日般的阿根廷现实图景。后者在法国荣获最佳外国图书奖。同一年，他获颁阿根廷作家协会大奖。

1983年至1984年间，他受时任总统劳尔·阿方辛之命担任"全国失踪者调查委员会"主席，该委员会的调查结果被记录在报告作品《永不重演》中，这部成为呈堂证供的作品也是对阿根廷末代军事独裁政府的谴责。

他于1984年荣获塞万提斯文学奖。

由于视力下降，他晚年也从事绘画创作，并于1992年在马德里展出了36幅画作。

1998年9月30日，他的妻子于久治不愈后病逝。同一年，他出版了回忆录《终了之前》。2000年6月，他的随笔《抵抗》被发表在《号角》日报的网页上。

埃内斯托·萨瓦托于2011年4月30日去世，距离满百岁仅差两个月。

（刘岁月　译）

附录二：

关于《隧道》

　　《隧道》被评论界公认为埃内斯托 · 萨瓦托的第一部长篇小说，虽然他之前在巴黎写过《哑泉》，但因作者有意将其烧毁，该作只留下残稿。

　　《隧道》始于叙述者兼主人公的自我介绍和罪行供述："我想只要说出我的名字——胡安·巴勃罗·卡斯特尔，是杀死玛丽亚·伊丽巴内的那个画家……"从这一双重肯定出发，经典的侦探小说结构被打乱；我们不仅知道他犯下一起凶杀案，或者更具体地说，是一起女性谋杀案，还知道凶手是谁，因此故事的悬念只能建立在发现凶手如何及为何犯案的基础之上，或者说，凶手的作案动机是什么——这些问题在经典侦探小说或者解密侦探小说中都不重要。这部小说还缺少侦破案件的警察，通过回顾往事向读者揭示犯案过程的正是凶手本人。

　　小说叙述者是一名都市男性，生性孤僻，不善沟通，内心充满矛盾。即使身处人群之中，仍然感到孤独。他是其所处时代的典型代表：现代主义盛行，宗教遭到背弃，人们追捧理性，内心的存在主义空虚却没有任何物或人能够填补。我们几乎可以说，胡安·巴勃罗面临着跟萨瓦托本人一样的困境：选择科学还是艺术，理性还是非理性（或者说感性）。[1]不过，正如作者所说，《隧道》的主人公有其独特之处：他是一个反社会人格患者和偏执狂。

在胡安·巴勃罗自幼居住的阴暗孤独的隧道里，沟通无法实现。在其中前行时，不可能遇见别人，也不知终点在何方；而其他人也走在自己的隧道中，这些隧道彼此平行，因此每个人都同样孤独。有一次，这种执念演变为噩梦，他梦见自己应邀参加一场聚会，结果被主人变成了一只鸟，却没有人发现这一变化，然而当他想要开口告诉别人实情时，从他嘴里发出的却是难听的尖厉鸟叫声——或者说，他感觉自己正在说一种无人能懂的语言，而这种情况并不只发生在梦境中。

胡安·巴勃罗是一名画家，他与玛丽亚·伊丽巴内是在一次画展上偶遇的。他看见玛丽亚正在观赏他的画作《母性》，但她没有注意其他地方，而是在看一个对他来说至关重要的细节：画面

---

1 "艺术可以是很多东西，但首先是一种绝望的沟通尝试，通过语言这一媒介——不管是文字、绘画还是音乐。"埃内斯托·萨瓦托，《字与血之间——与卡洛斯·卡塔尼亚的对话》，布宜诺斯艾利斯：巴拉尔出版社，1988年。

背景中一扇窗户中的景色。从那以后，他便沉迷于一个想法：有人理解他，他通过自己的画作与他人实现了沟通——这对他来说或许是生平第一次。玛丽亚能够懂他，所以是属于他的女人。

在几个月一边自我对话，一边想象着能与她重逢以及重逢时说些什么话后，胡安·巴勃罗再次见到了玛丽亚，此后，二人便建立起一段波折不断的恋爱关系，过程中充满了无休止的质问、不信任、极度的嫉妒和主人公的绝对占有欲，且他相信，通过杀死自己的爱人便能实现这种占有欲。玛丽亚是个有过去的女人，生活阅历丰富。虽然胡安·巴勃罗多次询问她的年龄，可她始终没有明说，但我们确实知道她已结婚，虽然她一直以娘家姓自称。围绕她与阿连德的婚姻、她接电话的方式、她逃往家族庄园的行为、她在回答自己无休止的提问时的遁词，胡安·巴勃罗在脑海中臆想出无数故事。他不断地分析各种可能性，其中一些十分荒唐，在他那病态的理性中，一切都必须被解释，对那个似乎依照他的形象气质为其而生的分身，已经失去了控制。胡安·巴勃罗质疑玛丽亚的爱，认为那不是真正的爱情："以最好的情况假设，她的爱只是母亲之爱或者是姐姐之爱，这个想法竟使我像中了邪一样。所以，我认为肉体的结合是真正爱情的保证。"然而肉体的结合并没有驱散，反而加深了恐惧。胡安·巴勃罗开始陷入危险的反复无常，极端的爱变为深沉的恨，他觉得玛丽亚在嘲弄他，相信在她脸上看到了一丝残忍的微笑，而这一切让他痛不欲生。我们知道他们之间的一切后来是以最糟糕的方式结束的，可是还能有其他方式吗？

　　卡斯特尔多次说过，自己跟玛丽亚在一起时就像个孩子，而她的爱顶多算母亲的爱。她拒绝透露自己的年龄并且暗示自己比他大的行为让他更加确信，作为一个阅历丰富的女人，玛丽亚能够操纵他、利用他甚至欺骗他："面对这个假设性的欺骗，最使我生气的是，我竟像个小孩子一样毫无戒备地投入她的怀抱。"然而我们不要忘记这部以第一人称叙事的小说是极其主观的，我们只能读到胡安·巴勃罗的单一观点以及基于他的心理状态而产生偏差的视野。回想一下胡安·巴勃罗在玛丽亚身上感受到某种母性态度这一点，女主角名字的象征意味就变得很明显了："玛丽亚"，众生之母，崇高之母。举刀杀她时，他将刀戳进她的腹部和胸部，好像在通过某种方式让她无法成为母亲。他一边用刀子戳她，一边冲她叫喊，并为自己的失常行为做幼稚的辩护："你丢下我孤单一人。"错的是玛丽亚。在实施谋杀之前，胡安·巴勃罗还摧毁了让二人相遇的画作。这幅名称也与母子关系有关的画作，其前景是一名正在逗怀中孩子玩的母亲，而背景是一个孤孤单单、眼望无垠大海的女人：一个没有孩子的女人。

　　他们的恋爱关系变得越来越暴力。当感觉到自己无法拥有玛丽亚，玛丽亚并不属于他的时候，胡安·巴勃罗内心的绝望促使他开始辱骂她（"有一天，争吵比平时都激烈，我甚至大声骂了她'婊子'。"），攻击她，甚至是威胁她（"如果有一天我发现你欺骗了我，"我恶狠狠地对她说，"我会像杀一条狗一样把你杀掉。"我拧她的胳膊，紧盯住她的眼睛，以便发现一点迹象，一丝可疑的光线，某种快速消失的讥讽。）我们几乎可以将这个故事称为一桩事先张扬的凶杀案[1]。然而，在小说中，在卡斯特尔的这个故事里，玛丽亚的欺骗行为，即她与温特尔之间的通奸关系，始终没有得到证实。他从未见过他们接吻或上床，事实上，当他偷偷上楼潜入玛丽亚的房间时，她正独自一人。点燃胡安·巴勃罗怒火的并不是欺骗得到证实，并非如此，事实上或许玛丽亚本人便是一个生活在绝望的孤独中的人的替罪羊，这个人被孤立在自己思想的迷宫（隧道）中，一个他无法摆脱的迷宫中。可是，在那些他们共度的短暂的幸福时刻，玛丽亚却在二人之间架起了桥梁，这些桥梁或许脆弱，让胡安·巴勃罗害怕行走其中并坠入虚空，但却能促进交流和心与心的相遇。因此，他虽然在向我们讲述导致其成为凶手的所有事件，但也多次后悔结束了自己唯一的对话者的生命，并就此切断了任何社会联系的可能性。小说结尾处，只剩

---

1 此处参考了加夫列尔·加西亚·马尔克斯的同名小说。

下我们这些读者和那段文字自白，而那段自白的唯一愿望是能够获得理解："我可以先不讲促使我写下这几页自白的动机，但因为我不想离题太远，还是说实话吧，其实原因很简单：我想，基于我现在的名气，许多人会读它，虽然，一般来说，我对整个人类，特别是对阅读本书的读者不存多大的幻想，但还有一丝微弱的希望在鼓舞着我，即总会有人理解我的，哪怕只有一个人。"

弗洛伦西亚·韦扎罗

语言、文学和拉丁语教授

（刘岁月　译）